作家笔下的

新竹

竹堑风飚

作家笔下的海峡二十七城丛书编委会

台湾图书出版事业协会 编

海峡出版发行集团 | 海峡文艺出版社
THE STRAITS PUBLISHING & DISTRIBUTING GROUP | HAIXIA LITERATURE & ART PUBLISHING HOUSE

图书在版编目(CIP)数据

作家笔下的新竹/作家笔下的海峡二十七城丛书编委会、台湾图书出版事业协会 编. 一福州:海峡文艺出版社,2010.6
(作家笔下的海峡二十七城)
ISBN 978-7-80719-513-9

I.①作… Ⅱ.①作…②台… Ⅲ.①散文—作品集—中国—当代 Ⅳ.①I267

中国版本图书馆 CIP 数据核字(2010)第 098300 号

作家笔下的新竹

作家笔下的海峡二十七城丛书编委会 编
台 湾 图 书 出 版 事 业 协 会

责任编辑 余明建
编辑助理 朱墨山
出 品 人 何 强
出版发行 海峡出版发行集团
　　　　　 海峡文艺出版社
经　　销 福建新华发行(集团)有限责任公司
社　　址 福州市东水路 76 号 14 层　　　**邮编** 350001
网　　址 www.hx-read.com
发 行 部 0591—87536797
印　　刷 福州德安彩色印刷有限公司　　　**邮编** 350008
开　　本 880×1240 毫米　1/32
字　　数 100 千字
印　　张 4.75
版　　次 2010 年 6 月第 1 版
印　　次 2010 年 6 月第 1 次印刷
ISBN 978-7-80719-513-9
定　　价 35.00 元

如发现印装质量问题,请寄承印厂调换

总序

澮国忠

　　"作家笔下的海峡二十七城"丛书即将付梓出版，并在海峡两岸同步发行。这是两岸出版业界携手合作的又一个重要成果，很有创意、新意、意义，可喜可贺。

　　由海峡文艺出版社、台湾图书出版事业协会和福建闽台图书有限公司共同策划推出的"作家笔下的海峡二十七城"丛书，对海峡西岸经济区 20 城市（福建的福州、厦门、漳州、泉州、三明、莆田、南平、龙岩、宁德；浙江的温州、衢州、丽水；广东的汕头、梅州、潮州、揭阳；江西的上饶、鹰潭、赣州、抚州）和台湾 7 个代表性城市（台北、台中、高雄、台南、新竹、嘉义、花莲）的历史文化，进行审视梳理和系统介绍，充分展示了两岸之间深厚的历史文化渊源，体现了中华民族的悠久历史和灿烂文化。丛书的出版，融合了两岸文化人的智慧，开创了两岸出版业界合作的新模式。具体来说，有以下几个特点：

　　一是立足海峡、紧扣时代。丛书抓住海峡两岸 27 城市历史文化的精彩片段进行遴选还原，用历史的眼光加以辩证审视，用现代的情感进行勾画叩问，用精彩的文字和富有表现力的图片予以生动展示，使时代的主题得到了很好的诠释和表现。

　　二是选文精当、点面结合。丛书设置了"探寻历史遗存"、"拜访古代先贤"、"感悟绿色山水"、"品味地方风情"等章节，分别从物质文化遗产、历史著名人物、自然山水景观以及非物质文化遗产等层面，进行选文组合，将当地的历史文化、风土人情、民俗风情、城市面貌生动展示出来，让读者不仅感受到闽南文化、客家文化、妈祖信俗等两岸共同文化之根的深远影响，而且也感受了海峡城市群多姿的历史风貌和独特的现实魅力。

三是形式活泼、图文并茂。丛书以散文的手法探寻历史，注入现代人的情感，赋予较强的文学性和可读性；书中辅以大量精美的图片，图文并茂，具有很强的吸引力和感染力，既可作为散文佳作来品，也可作为乡土历史教材来读，还可成为外地读者了解一个城市的旅行读本。

四是两岸携手、创新合作。丛书从文化寻踪入手，由两岸业界携手，在图书的编写、出版、发行等各个环节建立紧密合作，在推动两岸合作上具有典范性意义。

海峡两岸各界对本丛书的出版都给予了高度关注。新闻出版总署署长柳斌杰为丛书题词。台湾知名人士连战、吴伯雄、宋楚瑜、王金平、江丙坤、蒋孝严、黄敏惠以及胡志强等也为丛书出版题词祝贺。

当前，两岸关系发生了重大积极变化，两岸和平发展处于进一步向前推进的重要机遇期。希望两岸出版业界抓住机遇，开拓进取，以文化为纽带，以发展为主题，以创新为动力，以项目为抓手，携手合作，共同努力，不断谱写两岸出版业交流合作的崭新篇章，建设两岸同胞共同的精神家园，推动两岸关系朝着和平稳定的方向发展。

（作者系中共福建省委常委、宣传部长）

目录

探寻历史遗存

拜访古代先贤

感悟绿色山水

品味地方风情

新竹古称竹堑，它因聚居、生活、防卫而诞生。古城遗迹犹存，迎曦古城楼记载着新竹的历史。北郭园与潜园交相辉映，折射出新竹昔日就有的繁华。关帝庙则是儒家文化在台生根的印证。

探寻

历史遗存

台湾宜兰进士里杨进士故居

漳州漳浦佛坛杨氏家庙

北路首邑竹堑城

郑再传

竹堑城是一个因为聚居、生活、防卫而衍生的故事。

按文献记载，明末清初出现在竹堑的闽南人，仅系活动，未闻有卜居者，直到闽南泉州府同安县人王世杰，于清康熙年间渡海台湾经商，路过竹堑埔，发现竹堑地区土地广阔，沃腴

新竹东门楼　（施沛琳摄）

3

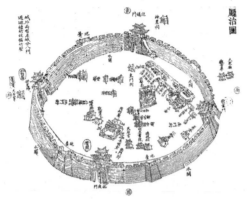

淡水厅图志

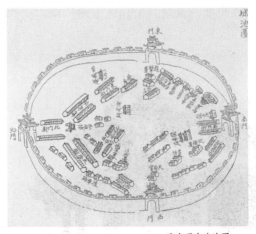

淡水厅志略地图

平野，认为是值得垦殖所在，才向郑克塽请垦。

清康熙二十二年，郑克塽降清，王世杰请垦一事只得暂告段落，随军内渡回返泉州。返乡后的王世杰仍念念不忘竹堑埔可发展的广大平原，遂召集乡人百余，于康熙三十年结伴远渡黑水沟来台，聚居竹堑，开始从事垦荒。

王世杰未垦殖前，清康熙年间到访台湾旅游的著名旅行家郁永河在他的著作《裨海纪游》中，提及竹堑当时的苍凉实况："竹堑、南崁山中野牛千百为群，……自竹堑至南嵌八十九里，不见一人一屋，求一树就阴不得，途中遇麋鹿逐队行伙伙。"可见其时，竹堑地域皆榛莽，少居民，纵有，也仅少数闽南人和当地人杂居。

　　另一著名文人蓝鼎元也有同样描述，他在《记竹堑埔》一文中说："竹堑埔宽长百里，行竟日无人烟；'野番'出没，伏草莽以伺，杀人割首级，剥髑髅饰金，夸为奇货，由来旧矣。行人过此，必倩'熟番'挟弓矢为护卫，然后敢行，亦间有失事者，以此视为畏途。其地平坦，极膏腴，野水纵横，处处病涉，俗所谓九十九溪者。"

　　如此情况，足可穷见彼时竹堑一地之荒凉未拓。蓝鼎元文中所述"九十九溪"应指原名叫"隙仔溪"的客雅溪。当地曾传闻说："传说客雅溪有九十九弯，少了一个弯，就有一百弯，永远缺一的一个数，所以无法出天子。客雅溪畔有一户人家，老家长有一个心愿，即是家族人数达到一百人才分家，但一直达不到一百人，最多时也就九十九人，就是因为客雅溪只有九十九湾。"

　　现在的新竹城即是昔时的淡水厅城遗址，清雍正十一年同知徐治民，卜竹堑社之所在地，四周种植刺竹为城，周围四百四十余丈，分建东西南北四门，并建门楼。

　　清嘉庆十一年的蔡牵之乱，首先犯北路的沪尾（今淡水），次袭沿海各地，淡水厅城民众筑土围，以供防御。嘉庆十八年同知查廷华就土围加高镶宽。道光六年乡绅郑用锡奉巡视台湾的闽浙总督孙尔准之令，和同知李慎彝等禀请改建厅城获准，将原属土墙围成的竹堑城改成砌石城楼。

　　台湾道孔昭虔亲自履勘，测量城基，认为原建太狭，土围又太广，于是拆毁内外，更改规模，建立砌石城楼，有四门，东称"迎曦"，西称"挹爽"，南称"歌熏"，北称"拱宸"，所需经费四万七千四百九十八两，都是官民义捐筹凑的，工程于清道光七年六月动土，九年八月竣工。

清朝时淡水厅是北台湾的政治经济中心，当时的淡水厅治就设在淡水厅城竹堑城内城隍庙旁。身为要地，为了防御需要，竹堑地区乡绅，便兴建竹子城。又为防海盗侵扰沿海而加筑土围，之后兴建石砖城，道光九年农历八月二十四日落成。道光二十二年因战争需要而加高外部土墙，使竹堑城成为双重城廓的城市风貌。

如今一般所指的新竹城，通常是指现在东门城所代表的道光九年所砌的石城墙。

大体而言，竹堑旧城的发展可分为三个时期：

一、竹子城时期：

清雍正十一年，于聚居的城隍庙附近植栽防御用途的刺竹丛。初期的竹子城是以台湾生长的刺竹为材料，周长四百四十余丈（约1408米）。设有四座城门，东门位于暗街仔（东前街36巷），北门位于北鼓楼（新复珍饼店一带），南门位于关帝庙一带，西门位于石坊街口一带，但在乾隆嘉庆年间便遭到了毁坏。

二、石砖城时期：

在清嘉庆年间，为防海盗蔡迁等人的作乱，所以兴建了保护聚落的土城墙，土城周长一千四百九十五丈（约4984米），南北距石城不及半里，城高一丈（约3.2米），城外植竹开沟，沟宽二丈（6.4米）。

土城建有四座大城门——东为宾旸门，西为告成门，南为解阜门，北为承恩门，四座小城门——东为卯耕门，西为观海门，南为耀文门，北为天枢门，形成石砖城外有土城，两道

竹堑老城墙

城濠双重防御。一直到清道光七年，因居民的要求，再建筑石墙，石砖城材料除了城门取自唐山石外，城墙石以本地石材为主。

三、兴建土城双重城郭时期：

清道光二十二年淡水厅署为战争需要，在石砖城外加高土城之防御工事。土城、石砖城墙经过了许多的修整增高，提供的不只是城市的保卫，同时也象征地方统治的态势。

新竹市原来是道卡斯人的美丽故乡，道卡斯人称这美丽故乡叫做"竹堑"。"竹堑"是海边的意思，因为道卡斯人原来一直在新竹的海边活动，然后再由香山沿海一带，向东北方向，逐渐开发我们整个新竹平原——竹堑社。

三百年前，闽人王世杰移垦竹堑，是第一个来到新竹的闽南人。他以新竹第一街（旧称暗街仔，在今天东前街36巷）为圆心，以闽南人的方式开垦耕种，今日新竹地区大半的农田都是当时开发的。

二百五十年前，客家人徐立鹏带领客家族人来到竹堑，由于平地都已经被闽南人开垦殆尽，客家人只得往山边发展，开垦之路，极为艰辛。

同时，为抵御外侮，清朝时开始在城边兴建城墙，第一次兴建的城墙是一片以竹子围绕的竹子城。

郑用锡则是新竹家喻户晓的历史人物。在1823年高中进士，是当时台湾第一个以台湾本籍考中清朝的进士，因此被称为"开台进士"。

郑进士除了书读得好之外，最主要的是他还相当热心公益，仗义输资，一辈子义助他人，在建庙、修桥、赈饥等工作上不遗余力，所以颇受新竹乡里的爱戴。死后，墓园就成为大家缅怀故人的重要地点。

采田福地刺竹城

颜忠望

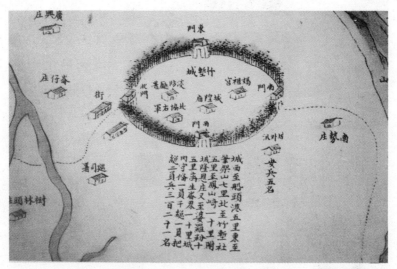

新竹竹子城

新竹古称竹堑，音译自最早居住在新竹平原的道卡斯人的话。

公元1647年始有竹堑社之户口资料，共有78户，324人，在1654年竹堑社户口达到最高峰时，有149户，523人。

道卡斯人在清康熙三十六年（1697），归顺清朝，成为"熟番"。二十五年后，竹堑社由头目卫阿贵率领九十五位族人，支援清兵平定朱一贵有功。清廷赐了七个姓氏"钱、廖、金、潘、卫、黎、三"给竹堑社族人。

（施沛琳 摄）

1733年，淡水同知徐治民环植刺竹为城后，官方谕令竹堑社道卡斯人迁移至旧社，住了十六年，因头前溪经常造成水灾，在清乾隆十四年（1749）迁居到新竹县竹北。竹北市中正西路二一九巷内的"采田福地"，就是道卡斯人的祖祠。

闽南人移入竹堑之前，以竹堑社为主的原住民，和土地的关系是一个择树而栖，以狩猎为主，与自然生态保持和谐平衡的状态。从清朝描绘原住民生活的古图中，尚可见原住民追逐野鹿的场景。

闽南人进入竹堑开垦，文献记载始于福建泉州人王世杰，随后有客家人徐立鹏移入，竹堑地区由这二个比例相当的族群开垦新竹平原和丘陵。康雍乾时期基本上是"移民先至，行政后随"，更为避免民变，多次实施海禁或不准携眷来台，因而有"有唐山公，无唐山妈"的说法。

清朝时竹堑拓殖过程，大抵可分为以下四个阶段：

第一阶段：清康熙五十年（1711），新竹县（涵盖目前的新竹市）各河川下游土地，从苑里、通霄、后龙、竹南一带与新竹连接大略由王世杰等人开垦完成。

第二阶段：清雍正三年（1725）起，粤人加入拓殖行列，向河川上游及山地进行开垦，闽人普遍分布在新竹、香山、竹北、新丰等近海地区。到了乾隆年间，闽人从商者以耕田者为多，粤籍移民继闽人之后陆续渡海来台，进入新竹、香山、竹北、新丰等地。乾隆年间（1736—1795），关西、新浦、竹东、芎林、横山等城镇成为粤人及道卡斯人的拓殖天地。

第三阶段：清乾隆五十一年（1786），道卡斯人因协助清兵讨平林爽文有功，清廷为表示优遇，颁布屯番制，为开辟土地一律划为"社番"保留地，由道卡斯人雇用粤人垦荒。

第四阶段：清嘉庆年间

（施沛琳摄）

（施沛琳 摄）

客家民俗活動北埔迎媽祖婆

（施沛琳 提供）

（1796—1820），道卡斯人雇用粤人拓垦的地权，大部分都归于粤人之手。

清道光十四年（1834），粤人姜秀銮、闽人周邦正获得官方的鼓励，组织"金广福（金是吉祥之意、广是指广东人、福是指福建人）大隘"，开垦"生番"盘踞的北埔、宝山、峨帽等地。新竹地区的拓殖在这个阶段大致完成。

竹堑城是新竹、桃园、苗栗三县的总枢纽。在桃园沿纵贯铁路或公路西南行，均可来到新竹县。新竹县在台湾西北，面临台湾海峡，气候温和、风景美丽，有八景十二胜及高山等特景。且早开文化之先声，为古学府之区，物产极为丰饶，蒪草纸名闻遐迩，而柑橘茶叶也盛。近人黄启棠有《蒪草》一诗道：

秋夏常开淡紫花，叶如掌状干无瑕。

裁花作药还为纸，碎骨提供艺术家。

此外还有新竹白粉的制售，这项化妆品用的白粉业，已有八九十年的历史了，产量占全省的七八成，价廉物美，不含铅质，为新加坡、泰国、菲律宾以及南洋各地华侨所欢迎。以往外销全盛时，一年多至三十多万打，因属奢侈品，入口课税繁重，近来销路不畅，终至绝迹。

诗人赖文宗有《新竹粉》一绝句。诗道：

盒粉凤城发异香，倾销泰国与南洋。

儿童晓起沿街卖，少妇闺中待化妆。

人们如果从地图上看新竹，它有点像一个平行四边形，位置在桃园县和苗栗县的中间，西北面靠海，地势的起伏相当的复杂，包括有台地、平原、丘陵、断崖、盆地、溜地以及高山地带等。它的东南面连接着宜兰县，崇山峻岭，峡谷幽深，森林的面积非常广大。这块地就是闽客先民奋斗的地方，让我们述说先民的历史，歌颂先民的伟大。

（施沛琳 摄）

迎曦门前暗街仔

陈名帆

　　迎曦门可说是新竹的地标，也是最重要的古迹建筑，它记录了新竹整个发展的历史！

　　据史料记载，王世杰开垦竹堑埔，其最先下锄掘地之处，即现今新竹市东门街与东前街36巷古称"暗街仔"一带，暗街仔也有称暗仔街，即为竹堑埔开发的最先聚落，这个聚落屋屋相连，巷宽不及二米，好似不见天。

　　暗街仔为王世杰开发竹堑的首站，以此为中心点逐步向外延伸垦地，翌年，西门街、刺仔脚等地，均由荒埔变良田，数计百甲，王世杰一跃而成竹堑埔大户，"社番"心中或有不甘，王世杰遂与番人设约，互换生活物资。不久，随同垦荒的闽人渐多，未逮二十年间，竹堑埔的垦荒已然扩及沿海南势，以及油车港、虎千山一带。

　　暗街仔因是竹堑地区开发最早的地带，因之又被唤名叫做"新竹第一街"。老成的暗街仔，聚集新竹地区许多行业的老店，包括木材店、药材店、冥纸店、神像店、火烛店、打铁店、锄镰五金店、杂细店等，而目前的东前街与中央路一带，仍留有这些老行业、器具店的买卖商行；新时代生活模式更迭，这些老店老行业越加显得弥足珍贵。

　　竹堑城是热闹的，这个城市即便非假日的初春街头，在杂

沓拥挤的站前大路上，也有着热门音乐般的吵嚷，使人一时间不知道如何走路，如何穿越熙来攘往的人群，然后委身走进新竹未可捉摸的神秘模样里。

名作家陈铭幡曾描述这个因风而享有风城盛名的竹堑埔城楼，初春季节的凉风果然清爽得富于柔软弹性，不想随着人潮从车站前的闹街穿梭，沿着站前广场午后音乐会的乐声中，走林森路护城河旁的石块板路，依这条柔和的小运河，与逐渐老去的迎曦城楼对话沧海桑田，看变革中的竹堑城，究竟用怎样的面貌，述说时代的脚步，在错乱中展现不一样的城市空间？

群花乱飞的护城河畔，远看迎曦古城楼觉得眼熟，那被春阳照耀而发出金澄亮光的城楼，留有许多儿时的记忆，记忆却被岁月辗成难以串连的抽象画景，我极力设法让它跳跃出来，但模糊的内心深处，竟不断传来如花瓣被风无力吹拂过的拍噗声，能够从模糊中涌现的，也只是城门前那口喷泉式的小钟

新竹都城隍庙入口意象

都城隍庙小吃（施沛琳 摄）

楼，忽明忽灭的影像，小池不见了，钟楼隐入无言的岁月，一切归入现代化的范畴，我仅能站在广场前，真实而惊叹地漠视城门四周车来车往，混杂速度的触感。

我跟新竹的亲密关系，不止因为这里是我的出生地，有着不可分割的土地之爱的情谊。东门闹热的街道，向来更是出入新竹的必经之地，可我从未正视短窄的东前街，曾经是竹堑开发的先居所在，被称暗街仔的东前街文巷，以及斜对面垦殖时代建造的第一座福德正神庙，全聚落于此，这个属于竹堑开发史上重要的先民聚集地，如此冷然地隐在街角。

历史果然抵不过现代化的无情变迁，有多少当地人真切认识这条小巷弄，曾经刻画百年来新竹人生活的变迁异动？不远处熙攘人潮的都城隍庙，反倒形成新竹市唯一的形貌象征，大排长龙的润饼名店，庙内小吃摊，交织成为新竹市令人记忆深刻的主要景致，想到新竹市便自然浮现贡丸圆滚滚的画影，圆滚滚的新竹印象，春天到新竹市吃热腾腾的贡丸，吹轻风送爽拂面的凉风，有畅快的和暖感动。

春天新竹东门的适意轻风，东门城迎曦门是新竹的历史烙痕，写意传输着竹堑尚存的一点古老风味；凭恃这点风味，东门堪称雅趣。

海会寺次壁间韵

陈辉

疏桐曲径对荒亭，得句闲吟任性情；
处处青蛙延绿亩，村村柳暗又花明。
禅居觅水当厨近，野笠锄云掠地轻；
古寺钟敲天境外，霸图空剩旧雕楹。

竹塹风飏

新。竹

都城隍小吃 (施沛琳 摄)

乌衣巷内进士第

郑昭旭

　　你如果走入北门街，好像时间又回到19世纪，所不同的只是偶尔呼啸而过的车辆，这里一幢连着一幢的古老宅第现在看起来虽然有些残败凋零，但从其规模及气象来推测当年郑用锡及其家族的黄金时代，在竹堑城内必是不可一世。

　　郑用锡字再中，号祉亭，生于1788年，自幼聪慧不凡，1810年一试而中秀才，取进彰化县学附生，1818年为恩科举

（施沛琳 摄）

（施沛琳摄）

人，1823年中进士，因他是第一个用台湾本籍赴京考中的进士，所以称他为开台进士，又称"开台黄甲"。

清道光十七年（1837年）郑用锡为自己造了一幢五进三开的大宅居住，门额上挂"进士第"匾，就是现在北门路176号的"进士第"。

进士第木雕十分讲究，门前雕成鳌鱼的垂花与两侧的狮子斗座雕工精美，至今仍活灵活现、栩栩如生。而正厅格扇门的雕花具有古朴苍茫的特色，底层为万字不断，上层为诗句或富贵平安雕刻，其刻工超颖脱俗，令人叹为观止。

进士第的建筑设计采三进合院式配置形式，中轴在线退凹式门厅后的天井设计较小，便于留出两侧厢房空间，左侧则加建来客厢房。据称，进士第设计形式与同安地区建筑十分相似，所使用建材均运自大陆，目前所见门厅外花砖、石雕、水车堵泥塑花饰，以及屋内木雕，精美之余，堪称具有文化价值之历史建筑。

一般而言，凡是有功名者的住宅与民间住屋会有几点差异，一是其格局多为四合院，因为门屋之次间可供轿班居住及摆放轿子之用，二是门屋前有旗杆台一对，三是门楣上悬挂"文魁"或"进士"匾。进士第即具有这些特色，不但门前停留的地方特别深，且有旗杆台与匾额，样样都是显示其地位之不同。

由于其地位的特殊，所以在建筑的架构与装饰上亦有相当的特色，以匹配其社会地位，从门口的装饰物就可见其端倪，走近进士第的门厅，两侧砖刻花墙及镶嵌的石刻裙板做工精致，虽有风化但今天看起来仍十分玲珑有致。门口右侧的石刻书法亦具有很高的艺术价值。

郑用锡还着手兴筑郑家宅群，以"进士第"为主建筑，向左依次延伸为"春官第"、"吉利号"、"郑氏家庙"等，建筑面积十分庞大。"进士第"的宅群，是一个封闭式的小型社群，俨然是金门聚落建筑的翻版，为台湾早期建筑的典型代表。

"春官第"目前仅存一进"门厅"与三进"正厅"，而左右厢房改建后杂乱无章。"春官第"一进门厅入口，做单凹寿的设计，门厅水线并退后"进士第"数尺之远，以从平面配置上区别与"进士第"之主从辈分关系。

"春官第"三进为神明厅，

（施沛琳摄）

21

目前厅堂门额上挂有郑用锡所立之会考第41名，殿试三甲第109名的"进士"匾额，左右则挂有郑玉田（1897-1965）当选新竹县第四届"议会""议长"之贺匾。郑玉田国学根基颇为深厚，暇时喜好诗文，曾追随家族堂叔郑秋涵（1880-1930）参与台中林献堂与林俊堂兄弟之"栎社"，并与清水蔡惠如（1881-1929）倡议筹组"文社"以延续台湾文艺香火，义举成为地方耆老怀念的话题。

走出进士第，右侧有幢经过大修的砖房，虽无砖刻石雕之美，仍古意盎然。再右边尚有两幢相连古宅，可惜数年前已拆毁改建楼房。这些屋宅过去都是郑家产业。

北郭烟雨话名园

林 黎

这座名园，是开台进士郑用锡兴建的北郭园。这座别墅位于北门街，始建于清咸丰元年（1851），前后费了三年多才完成。

北郭园，是郑用锡用来应酬官绅和晚年颐养之所。花园附近群山陈列，正巧与唐代诗人李白诗中的"青山横北郭"诗句意境吻合，因而就命名为"北郭园"。

这座当年俗称外公馆的花园，为北台湾文人诗酒相会的名园，可算是全台湾名园古厝的佼佼者！

郑用锡晚年时非常羡慕新竹另一名人林占梅所建的潜园，正好他邻居有靠城郭的一大片水田要出售，离他的宅第又不算太远，他就买了下来，并与他的儿子郑如梁二人不惜耗巨资聘请名师，从咸丰元年动工，历时三年多，完成这座北郭园。

郑用锡的北郭园，因建在北门城外，故俗称"外公馆"，以别于内公馆潜园。北门街有郑氏家族的住宅群。庭园之位置即在进士第对面。庭园最初之用途除了作为自己读书养性之所外，还兼为应酬南来北往之官吏。郑用锡所作《北郭园记》谓："庚戌（即道光三十年，1850年）适邻翁有负郭之田，与余居相近，因购之为卜筑计，而次子如梁亦不惜厚赀，匠心独运，购材鸠工，前后凡三四层，堂庑十数间，凿池通水，积石为山，楼亭花木，灿然毕备，不数月而成，巨观可云胜矣"。

《续北郭园记》谓："北郭园之作也，肇于咸丰之辛亥年（1851），其始不过居中建有厅事，前后门垣、庭院，旁及西廊、书舍房栊，规模毕具，而厅事后凿池通泉，上有亭，下有桥，荷花掩映，亦幽居之胜概也。"

咸丰二年（1852）郑氏续建北郭园，分内外两园，入园处有钟楼一座，增建达三年之久。园成之后，郑氏即致力于写作及公益事业（他著有《北郭园诗抄》），又组诗社"斯盛社"。咸丰八年（1858）过世之后，园由其族人继续经营。

这一足以媲美潜园的佳构规模约有一万多平方米，地势平坦辽阔，可远眺竹北的翠绿丘陵。庭中有几处建筑并题为"横青山室"、"青草山房"及"养闲深处"。据耆老言，园之大门设于南边，门内为一池大水，池中有岛及石灯。池东有一叠

亭式的水榭，为两座架在水上的亭子与岸边的屋子组成。

往北行，经过小桥后有一片假山，假山旁为第二门，题曰"北郭园"。门旁有一幢日本侵占台湾时期建的洋楼。续前行，可见一垂花门，题为"稼云别墅"，其侧壁有装饰性的花窗。门内即为"青山横室"。据传此建筑之中庭为水池，中央有桥相连。

据《淡水厅志》载："中有小楼听雨、欧亭鸣竹、陌田观稼诸景。"又据郑用锡自作《北郭园新成八景答诸君作》，其八景为：小楼听雨，晓亭春望，莲池泛舟，石桥垂钓，深院读书，曲槛看花，小山丛竹，陌田观稼。

据载，另又有听春楼及八角楼，要想知道是怎么一回事，除了郑用锡所著的《北郭园记》及《续北郭园记》外是毫无线索。但这两篇文章又跟中国所有的文献数据一样是只有文字而没有图片。

致力研究台湾的古庭园专家们，对北郭园也下了很大工夫，目前只考据出"莲池泛舟"、"小山丛竹"的位置与两年前尚有的园门，"陌田观稼"（稼云别墅），"横青山室"合绘成平面图及斜角透视图，想要再进一步的研究，文字早已读遍无甚帮助，曾目睹盛况的老者也早已凋零。现场呢？是车来人往的大路，没有半点蛛丝马迹，只有在郑氏家庙的对面看到一连串的断垣残壁，真是荣华富贵不过似过眼烟云。

王谢堂前是潜园

林嘉琛

潜园文酒之盛，独冠北台！

西门地区重要的竹堑人文景点，非潜园莫属。

位于西大路与中山路交叉叉口，亚洲旅社旁小巷弄内，称名"内公馆"的潜园，是清朝时代北台湾淡水厅治二大名园之一，相传潜园为竹堑名流林占梅于道光二十九年所建的私人庭园，园区占地

广大，奇石满园，清泉汩汩而流，园内种植梅花数百株，光绪二十年被列入新竹县八景之一，称"潜园探梅"。

潜园之美，冠盖北台。《淡水厅志·古迹考·园亭》有云："中有水可泛舟，奇石陡立，又有三十六宜、梅花书屋、掬月

弄香之榭、留客处诸胜。"另外，文人陈朝龙在亦云："园中种梅最多，红、白、绿萼各种俱备，每花开时游观者络绎不绝。骚人墨客常借此以开吟社。"

潜园之中心以水池见胜，四周建有阁、亭、堂等建物，其中尤以百样花窗独步全台。《台湾通史》作者连横在著作中描绘潜园之美，说道："士之出入竹堑，无不礼焉。"又说："文酒之盛，独冠北台。"可见潜园美景盛为北台之冠。

另有时人林亦图咏颂潜园道："此间小住即成仙，景物撩人别样妍；使酒连番开笑口，寻诗竟日耸吟肩。"林亦图更点明潜园胜景计有：钓鱼桥、涵镜轩、陶爱草卢、香石山房、碧栖

堂、小螺墩、吟月舫、爽吟阁、浣霞池、宿景圆亭、二十六宜、梅花书屋、留香闸、留客处、双虹桥、清许桥、逍遥馆林下桥等，可窥见该园胜景之一斑。

今天潜园约残存五分之一左右，从西大路近中正路附近一个小巷子走进去，

先可以看到一口古井，尚有水可汲，井边就是潜园的园门了，园门内侧是香石山房，虽然大致形式还完好，却非当年重要建筑，再向内走就是观音亭。现住者很欣赏林占梅那幅三百年无人出其右的隶书，这幢三合院式的建筑物中，有不少林占梅亲笔题字都被他小心地保存下来。

观音亭可以说是台湾现存传统建筑中有特殊价值者，因为林占梅早年曾随其岳父到大陆游览，他特别聘请北匠（有别于福建的唐山师傅）来建造他的庭园，所以观音亭之一砖一瓦一木都有特殊的风味。此外涵镜阁因开马路被拆时，匾额也为他所收藏挂在观音亭内，所以很多人都以为观音亭即涵镜阁。

观音亭前昔日有一临水的游廊，通往园中最佳的建筑物爽吟阁，另一端接碧栖堂。很可惜目前这些堂阁连这座当年容得下新竹龙丹大赛的浣霞池在内是通通影迹无踪了。我们只能从一些老照片、一些残迹上去了解，去想象逍遥馆、钓鱼桥等的美景。

难忘竹堑两名园

曾习发

新竹以"竹堑"作为名称的时代，所谓"内外公馆"之名，颇堪脍炙人口。内公馆是竹堑名流林占梅一族住宅的总称；外公馆是开台进士郑用锡手建的房屋。林、郑两人，生长在同一时代里，又建筑在同一地上，声名烜赫，实在令人难以分出高下来。所以凡是经过竹堑的文武官员，无不分别拜访两家，藉表敬意。而两家主人，也各极尽殷勤，留客款待。一时文酒之盛冠台北，争竞豪华，那是势所不免的了。

（施沛琳 摄）

内公馆指的是潜园，主人为林占梅，字雪邨，号鹤山。占梅祖籍同安，来台之后，最初住在台南府治樵子社，经过好几次的搬迁，终于在竹堑定居下来。家财富冠一乡，而且少年秀颖，性情豪迈，又好交游，常常济困扶危，耗费万金也在所不惜。为人工诗书，更精于音乐，闲暇的时候，便弹琴咏歌以为乐。

家宅筑在竹堑的西门内，靠近城墙一带。它的建筑方式，是照俗语所说的："大厝九包五，三落百廿门。"结构宏大而美观，在北部台湾恐怕再也找不到第二座了。

后来为了锦上添花，再在宅边建了别墅一所，取名潜园。楼台水阁，应有尽有。结构之佳，人称胜过板桥林本源的庭园。它的百样花窗，更是全台独步，园中种树一百多株，有白梅、红梅、绿萼梅，古枝老干，疏影横斜，清香笼罩了月朦朦，真是引人入胜。

每当花开时节，招集了远近的骚人墨客前来饮酒赋诗，极一时之盛事。故"潜园探梅"，终于被列入竹堑八景之一。

潜园是清道光二十九年（1849）由内地颇负盛名的庭园师所设计的，结构别出心裁。《淡水厅志》道："中有水可泛舟，奇石陡立，又有三十六宜、梅花书屋、掬月弄香之榭、留客处诸胜。"

现在，只

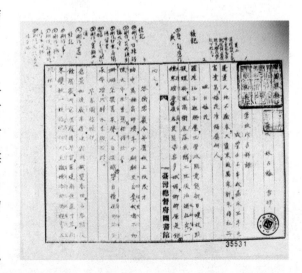

35531

有从当年新竹县学附生林亦图的大作《潜园纪胜十二韵》中，或许还可以窥见这园胜迹的一斑来。诗道：

> 此间小住即成仙，景物撩人别样妍；
>
> 使酒连番开笑口，寻诗竟日耸吟肩。
>
> 静编篱落栽红槿，斜倚阑干钓绿烟（钓鱼桥）；
>
> 涵镜轩迷杨柳岸（涵镜轩），闹春楼醉杏花天。
>
> 爱卢雅癖怀陶令（陶爱草卢），拜石闲情慕米颠（香石山房）；
>
> 栖凤碧梧堂爽朗（碧栖堂），盘螺幽境路回旋（小螺墩）。
>
> 台凌书舫通香榭（啸望台邻花书舫，掬月弄香之榭），
>
> 阁接兰汀系画船（爽吟阁，兰汀桥，吟月舫）；
>
> 菡苕池环三径曲（浣霞池），芭蕉墙护一亭圆（宿景圆亭）。
>
> 窗中梅影庭中月（卅六宜梅花书屋），槛外风光闸外泉（留香闸）；
>
> 留客竹鸣新雨后（留客处），迎风萍约彩虹前（双虹桥）。
>
> 源添水活饶情趣（清许桥），垣借皇围结净缘；
>
> 差喜逍遥林下乐（逍遥馆、林下桥），潜园胜迹许流传。

此外还有潜园的部分匾额和楹联，曾为人们所传述过。如"涵镜轩"三字，是主人题于庚申夏六月，"爽吟阁"三字，也是园主人所亲题，时在丙申之春。

潜园名联："屋临池水琴书润；窗袭荷风笔砚香。"联句中所提到的琴，是指园主人林占梅所珍藏的唐琴，为唐代所制造，名"万壑松"，潜园真可谓堂燕飞过石坊街。

艺术极品话郑墓

郑东和

（施沛琳 摄）

　　清咸丰八年（1858）郑用锡去世后，第二年葬于余香山，到了同治八年（1869）才迁葬于竹仔坑的现址。由于郑用锡生前具有从二品官衔，因此其墓地极为宽阔，规模相当宏大，建筑极为讲究。整体墓地坐北朝南，墓的形式依照二品例，有三曲手规模，石人石兽排列于官墓前方，目的是护卫填墓，并象征其威武与尊严。

（施沛琳 摄）

由于开台进士郑用锡对新竹的发展史具相当重要的意义，而其坟墓的形势完整、雕刻精致，是新竹重要的文化资产之一，因而被定为台湾第二级古迹。这座坟墓已完成修复工程，遗失的石虎以及断头的石羊均以复制的方式完成修复，值得前往参观。

墓的外观呈椭圆形，盔顶形的墓碑，由三片花岗石拼成，墓碑碑文题："清赐进士出身赏戴花翎礼部侍郎晋封通奉大夫祉亭显考郑公茔。"字迹清晰可见。 后土位于墓的左前，坐西朝东略偏北，形式宛若一座小坟。远处成对的石望柱刻着转录自咸丰元年（1851）闽浙总督王懿德所赠的柱帖，为其一生的功绩留下说明。

曲手包括栏杆柱与柱间的栏板，均以花岗石雕成，曲手栏杆柱头分别为石印、石笔、石狮，左右对称；墓前的石像由外

（施沛琳 摄）

（施沛琳 摄）

自内依次为石人、石马、石羊、石虎以及望柱等各一对，其雕刻细致精美。

可惜石虎一座被盗，石羊也被破坏毁损。但整体看来，郑用锡墓背山面水，居高临下，规模宽宏，是台湾官墓中的佳构之一。

（施沛琳 摄）

允文允武昭千古

关家杰

　　新竹关帝庙又称新竹县武圣庙，在旧竹堑城南门内，城汛署右邻，主祀关圣帝君，配祀文昌帝君，堪称是一座允文允武的庙宇。

　　关公是三国时蜀汉的大将，武功彪炳，他死后成神，成了儒、释、道三教之共同神祇。道教遵为协天大帝、翊汉天尊，释教称为盖天古佛、伽蓝护法，而儒家奉为文昌圣帝（五文昌之一）。

　　新竹关帝庙的关公也以儒家之神祇供人膜拜，我们可看到关公手中拿着的并不是青龙偃月刀，而是《春秋》一书，庙门前有一幅对联也写着"心存汉室三分鼎，志在春秋一部书"，表示他已弃武从文，

（施沛琳摄）

37

（施沛琳 摄）

所以才被封为文昌君，因此新竹关帝庙可说是一座"文庙"，更有别于其他以关公为财神爷的庙宇。

清乾隆三十九年（1774），山东齐东人王右弼履任淡水同知，率绅民集赀八千九百余元，在城内倡建关帝庙，历时十个月，于乾隆四十一年（1776）完成。

创建后的新竹关帝庙，曾经多次修建，规模最大且影响整体布局的一次，为同治十年（1871），系由地方绅民捐赀倡建，除重修主殿外，在庙右建马军庙，主祀马使爷；庙左加筑观音厅，供奉观音菩萨。

1976年10月，关帝庙续建部将祠及圣迹馆，1987年又建七曲山景、拜亭及宫墙等，使古朴的庙宇，显得热闹异常。

左右为新造的山门，做为出入孔道。左山门前立碑坊，为后人所建，风格与本庙相去甚远。第一进台基前有砂岩的老抱鼓石一对，为早年修建时遗迹。前殿开三门。门板不绘门神而用门钉，双扇合计一百零八个。殿内右墙嵌有乾隆四十二年（1777）所立的《万世留芳碑》。

正殿大木结构特殊，桁梁截面差距颇大，尤其大桁，几为二桁直径的两倍。中央神龛供奉朱颜蚕眉丹凤眼的关帝君，龛上悬"万世人极"匾一方，道出了人们对关公的景仰。

后殿原为圣祖殿，如今已改奉文昌帝君，左设大魁殿，右立崇圣祠。中央神龛上，"孝友文章"匾高悬。此外，庙右新建二层楼房一座，上为圣迹馆，下是部将祠，供奉关公的坐骑赤兔马。

新竹关帝庙整间庙宇保留了大部分的木架结构，但现代的东西多了点，使它古意略失，整间庙宇没有太多华丽的装饰，干干净净的。值得一提的是武庙大门上的门钉仍尊清制，相当的难能可贵！

（施沛琳 摄）

砖砌石墙添古朴

叶云汉

新竹金山寺建于清乾隆五十年（1785），是新竹市关东桥发展的重要史迹，为早期客属开垦者的信仰中心。

金山寺为清代中期的建筑，现存的格局为单进三开间带左右护龙之合院形寺庙，整体风格朴实，斗子砌砖墙及砖砌结构不但特殊，更增添古朴。

咸丰三年（1853）垦户郭家献地基，因此创建茅舍佛庵，

称为香莲庵，咸丰八年（1858）正式建寺。同治三年（1864）改建，因为冷水坑清泉沁人心脾，改称为灵泉寺，成为竹堑一带骚人墨客品茗礼佛的胜地，光绪十五年（1889）士绅林汝梅捐款重修，寺容焕然一新，命名长清禅寺，旋改称金山寺。

日军侵台之初，此地曾作为义军抗日活动据点而遭焚毁，后由各方善信捐款重建。重修后的金山寺规模庞大，有一极具知名度的泥塑观音佛像、一对石狮与泥塑十八罗汉。寺庙建筑大量使用砖块，尤其砖柱最为特殊，部分使用全台罕见空花砖，极具研究价值。

游土地坑即景
林占梅

出郭西南境，嵚崎别辟奇。
篮舆呼仆举，茶榼付僮持。
正值秋晴日，欣逢气爽时。
山形牛角抱，石磴犬牙危。
圣迹千年着，零区十笏宜。
焚香先礼佛，披草共寻碑。
风定归云懒，坑纡出水迟。
老榕盘峭壁，修竹荫通逵。
海雾浮沈幻，岚光晓暮移。
泉清堪煮茗，地胜合题诗。
花底琴横榻，栏前酒满卮。
鸟声听上下，树影落参差。

现存的金山寺坐东南朝西北，是一座单进三开间带左右护龙的建筑，除了正殿和左厢房是原来旧物外，其余大致上保持杨标重建时的格局，但右护龙已经坍塌。大殿为三开间带前檐拜殿的硬山翘脊建筑，中门上有额题："开台金山寺"。前檐柱及入口正面的格扇均为木质，左檐柱前有香莲庵时期留下的石佛柱。成对的石狮立于檐柱之后，是少见的做法，可能是后人迁移的结果。

正殿内不似一般庙宇做抬梁式构造，而是木梁迭砖的作法，充分发挥了桃竹苗及高屏地区客家建筑的特色，是一般庙宇少见的实例。寺中所用石材及雕工皆颇讲究，尤其石狮之造型生动，堪称佳作，寺前的供食台（布施台），为清咸丰十年（1860）之作品，古拙苍劲，极具历史价值。金山寺建筑所采用的材料非常的特殊，就是大量使用砖瓦来建造。

海会寺

娄广

此地当年拟馆娃，蜃楼海市霸图赊；
王孙已去遗芳草，宫院谁来扫落花？
歌管声沈闻贝叶，舞衫采彻现袈裟；
我非佞佛闲随喜，喜见梯航属一家。

闽南人、客家人和广东人是开台的先驱和建台的中坚。从王世杰到林先坤再到姜秀銮，闽粤先驱对台湾的贡献有目共睹。首个台湾籍进士郑用锡的诞生反映了台湾的文明进程。

拜访古代先贤

台湾宜兰冬山游氏东兴堂

漳州诏安秀篆游氏东升楼锡祉堂

竹堑先驱王世杰

欧阳慎格

谈到竹堑城的设施和开发，实不得不一提竹堑开荒的大功臣，福建泉州同安县的王世杰。

王世杰本为福建泉州府同安县人，清康熙年间渡海来台经商，时值郑氏政权全力忙于防备清军来犯，重心放在修筑鸡笼与淡水二处过去所毁弃的炮台，唯其军粮必须由南部运送，然当时交通不便，郑氏政权乃利用沿线"熟番"人力齐并输送，商人王世杰适时应募，加入运粮任务，路经竹堑埔时，不由被一片广阔肥沃的可耕土地吸引，后因协助运粮有功，请垦竹堑埔获郑克塽允准。

当他运粮的任务达成后，便请求前往开垦以增军食。当局因念其运粮有功，批准他自凤山崎驰马南行，以马一驰驱起止的路程为界线，听任他去垦荒。于是，王世杰一口气跑马到老衢崎，马儿才肯停脚，从此这行程范围里的垦权，便划归他所有。但限于人力的不足，他马上回到泉州去筹划兴垦。

一心准备开垦竹堑埔的王世杰，不巧于清康熙二十二年（1683）遇到郑克塽降清，他即随军返回内地，开垦一事只得暂时搁置；到了三十二岁那年，他眼见台湾大局粗定，便毅然携带了他的子弟和族亲乡人等一百八十多人，搭乘帆船来台，先入台中梧栖港，然后再徒步北上竹堑，这是康熙三十年

（1691）的事。

话说返乡后的王世杰作出了勇敢且正确的决定。他招集亲族乡党百余人，八年后结伴乘船横渡黑水沟，聚居竹堑，开始从事开垦大业，时有竹堑"社番"，耕作不得其法，作物收入仅足饷口，懂得经商营生的王世杰遂以酒肉相享，与"社番"同结欢心，得其土地而耕，结茅为屋，双方和平相处。

由于王世杰曾经与"社番"往来，凭借着交际经验及熟悉当地的地理环境，与当地人开始接触交易，画地相处，互动良好。其中，新竹平原重要的灌溉水圳——隆恩圳，就是王世杰一手擘画开凿的。这个水圳奠定了竹堑城之开发基础。

竹堑田蛮荒而得有今天的繁荣，实由于王世杰之力。所以新竹市当局打算在东门街的适当地点，立碑来纪念这开垦的盛事，并作为后人凭吊之迹。

而在开垦竹堑埔之外，王世杰先后多次捐地建庙，计有竹莲观音寺、天公坛、东宁宫、内外妈祖庙、关帝庙、福宫庙等。

重阳日同友人游海会寺，席上分韵拈得禅字

黄汝济

昔拟馆娃今礼禅，楼台钟鼓尚依然；

为乘豪兴酬佳节，暂憩丛林净俗缘。

地久莫寻藏蟒穴，庭空犹见散花天；

与君话尽兴亡事，半是诗狂半酒颠。

开台进士郑用锡

郑水江

郑用锡字在平，号祉亭，生于乾隆五十三年（1788），原籍福建同安，到他祖父那一辈才迁居台湾，先在苗栗后龙一带居住，后来搬到竹堑。

郑用锡受教于树林头王士俊门下，勤习制义诗礼，立志青云乌衣，于清嘉庆十五年（1810）中秀才，年仅23岁，嘉庆二十三年（1818）以第72名中举人，道光三年（1823）癸未科会考中第41名，殿试为三甲第109名，但因台湾籍的资格保障而录取进士，成为首位以台籍身份应试而中的进士，被誉为"开台进士"。

清道光三年（1823）农历四月二十一日，郑用锡以台籍身份参加北京城举办的殿试，考上等同进士位阶，担任礼部铸印局员外郎，花翎四品衔，从此竹堑浯江郑氏家威远

播，使郑氏家族成为北台湾的文教础石，并奠立郑氏家族在竹堑地区无法被撼动的政经地位。

清道光七年（1827）因倡修与督工"竹堑城门"有功，朝廷叙同知衔，先后因协办练，劝捐津米等事迹，而"功赏花翎"，"给二品封典"。随后担任"明志书院"山长多年。道光十四年（1834）入都签分兵部武选司行走，后补任礼部铸印员外郎（四品官衔）。之前，郑用锡等人奏请兴建竹堑城获准，于1827年兴工，筑造砖石造城墙与四座城楼。清光绪元年（1875），淡水厅废除，竹堑城改称新竹并设县治。

郑用锡于抵御外患督工有功，叙同知衔，嗣改京秩。道光十四年（1834）他入都供职，签分兵部武选司。翌年授礼部铸印局员外郎兼仪制司，每逢祭时，恪恭从事。

清道光十七年（1837）在京服官多年，因厌倦京都官场文化的生活，他以家中双亲尚健在待奉养为理由，辞去仕途风风

光光地告假返乡，定居回到竹堑，次年在今新竹市北门街营建"进士第"，宅第前置旗杆石座（后来移到郑氏家庙前），于咸

丰三至四年间建郑氏家庙，形式依闽南传统建筑营造，马背山墙较大且弧度放缓，奉祀郑氏历代祖先，后代子孙至今犹守春秋二祭的古礼。

据说当时地方人士前往迎接，由于人潮汹涌，导致有一位牧羊女手上牵的母羊被踩死了，因而留下"人做官，汝死羊母"这句趣味的地方谚语。

郑用锡荣登进士后，子弟多人贵显，家族族运上升。清道光十年（1830）郑家首先在其故乡金门里洋乡建立郑氏家庙。咸丰三年（1853）郑用锡与郑用鉴又倡议在竹堑兴建郑氏家庙，并由八房共同出资成立祭祀公业，成为八房的共同财产。这八房为：硕德、文美、文哲、文哺、文瑞、文

（施沛琳 摄）

（施沛琳　摄）

理、文超、硕俊。每年在上元与冬至举行两次祭祀，不过各房均可祭祀，并不限于此八桃子孙。

郑用锡主明志书院讲席时，汲引后进。该书院位于淡水厅城西门内，原在兴直堡新庄山脚。清乾隆二十八年（1763），永定县贡生胡焯猷捐置义学，名曰"明志"，并捐充学租。淡水厅自开辟以来，尚无志乘，郑氏乃集弟友纂稿，藏为后法，

造诣深厚，后世称"开台二百余年，通籍自用锡始"。

清咸丰三年（1853）八月，漳泉的分类械斗达到最高潮，八甲（艋舺的一部分）、新庄都被焚毁，蔓延的地方，杀人越货，道路不通。郑用锡亲赴各村庄，力为排解调停，并著《劝和论》晓论众人，文中写道：

> 顾分类之害，莫甚于台湾，最不可解者，莫甚于淡之新艋。

> 台湾为五方杂处，林逆倡乱以来，有分为闽、粤焉，有分为漳、泉焉，闽、粤以其异省也，漳、泉以其异府也，然同自内地播迁而来，则同为台人而已。

末了他说：

> 仆生长是邦，自念士为四民之首，不与能当轴及在事诸

（施沛琳　摄）

公，竭诚化导，力挽而更张之，滋愧实甚，愿今以后，父诫其子，兄告其弟，各革命，各洗心，勿怀夙怨，勿蹈前愆，既亲其亲，亦亲其疏，一体同仁，斯内患不生，外祸不至。

众人深为郑用锡的用心所感动，械斗由是平息，并刻石于后垄，以示后人。

晚年的郑用锡，好享山水之乐，筑北郭园自娱。写《北郭园八景》诗，有小楼听雨、晓亭春望、莲池泛舟、石桥垂钓、小山丛竹、深院读书、曲槛看花、陌田观稼等八景。士大夫慕名过往唱和，风靡一时。清咸丰八年（1858）二月七日，他逝世在家中，享年七十一岁，留有《北郭园集》。

风气

郑用锡

风气日趋下，滔滔递变迁。
何堪今日后，不似我生前。
狡诈心逾薄，骄奢俗自便。
夸多因炀靡，踵事复增妍。
珍错穷山海，香资费万千。
人情忘俭朴，恶习更绵延。
剽悍携刀剑，乖张逞棒拳。
蜗争起蛮触，铃劫遍山渊。
国帑虚谁补，民财困可怜。
泛舟空乞籴，铸铁亦为钱。
已漏千卮酒，难寻九仞泉。
狂澜流不息，空盼障川年。

一代豪绅林占梅

林绿月

　　林占梅字雪邨号鹤山，生于清道光元年（1821），原籍福建同安，移居台湾之初是先到台南一带，因经理全台盐务成为巨富，而后才迁居到竹堑城来，他虽然没有考得什么功名，却也是文武全才，更难得的是天生一付古道热肠，忠国爱家。

　　英人舰队侵犯鸡笼沿海他捐巨款建炮台协防，漳泉械斗他不但不参加反而招募家将扼守大甲溪杜绝其蔓延，尤其是同治

元年（1862），彰化的戴万生（字潮春）起事，淡水同知被杀，竹堑境内的土匪趁火打劫，一时人心惶惶，有办法者纷纷走避，只有林占梅一人独撑危局，他不惜变卖田产组织乡团维持地方治安。福建督抚以占梅急公好义，想重用他，他

称病请辞，足见其高风亮节于一斑。

但树大招风，有人认为戴万生起事是反清复明，他此举似清廷走狗，也有人告他出来维持治安称霸一方有代朝廷行令之嫌。再加上林、郑两家素来不合又为佃农纠纷在打官司，林占梅万念俱灰清同治四年（1865）郁愤而死，死时还不满五十岁。

林占梅虽出身豪富却无纨绔气息，琴棋书画无所不精，他收藏有唐朝古琴，名万鬟松，他所著诗集叫《潜园琴余草》更是传颂一时。但最令人怀念的还是他在清道光二十九年（1849）修筑的潜园。潜园位在西门城内，占地竟有二甲之广，且庭园之设计，建筑之架构是全省所有庭园中最佳者。林占梅聪敏颖悟，常以钱财救人济世，热心竹堑地区文教事业，潜园完工后，由他主持，对具才艺者，多奉为上宾接待。

当时的骚人名士、达官贵吏，都曾为潜园的座上客。可以说在清代竹堑地区的诸多文人中，潜园主人林

（施沛琳 摄）

（林事樵 提供）

占梅，具有举足轻重的地位。

林氏经常利用名园招徕各地雅士，举办诗酒吟会，以文会友的结果，促进了文人间的频繁往来，也刺激产生更多的文学活动及作品，对于竹堑或北台文风的发扬，具有推波助澜的作用。

作为毁家纾难的英雄形象，固为占梅为人乐道之一面，其南征戴乱犹携琴同行，戎马之余不忘抚琴的艺术家气质，其更是林氏之本色。林豪尝谓其"能诗、能画、能琴、能射、能音乐，皆卓卓可传"，显然早已十分肯定占梅的文艺表现。可惜历来虽偶见赞誉之声，却少能深入探究，无法完全彰显其允文允武之干才。

即以能为林占梅立一列传的连横而言，对于林氏的文学表现，在其本传中也仅作概括描述而已，缺乏深刻的说明。林占梅诗歌之创作，总数几近二千首，数目之伙在清代台湾诗人中罕出其右。其诗作内容偏爱园林生活之叙述，独树一帜，可谓为园林诗人之翘楚，理应于台湾文学史中获得更明确的肯定与评价。

客家之光林先坤

林光桦

　　清乾隆十四年（1749）广东潮州府饶平县石头乡金场岭安石楼人（今饶洋镇石头林）林孙彰（字衡山）携长子林延东（字居震）、次子林延北（字先坤），从彰化鹿港登岸迁台，先居中部莆沙相思林（传说为今彰化永靖）。

　　清乾隆十六年（1751）林孙彰父子转迁竹北金面山（今关东桥附近）。第二年，林孙彰父子又向东兴"社番"业主潘王春，承垦水田半张（二甲半），正式入垦圆宝庄。

　　林孙彰年迈返乡之后，林先坤于清乾隆二十二年（1757）还乡祭祖，并娶妻张氏，次年即率领亲族老屋里三叔林孙服（字珍度），族人林孙檀父子三人（后二子均殁台，今后裔系在台另生）、林彭城、林鲁北，及刘、詹、郭、张、郑、陈、邱等姓乡亲一起回台，垦新竹县东兴社圆宝庄六张犁。

　　六张犁的地名起源于林先坤与族人开垦田地三十甲，而每五甲即为一张犁，故称六张犁。清乾隆二十三年（1758），六户林姓人家在住家之外共同设置水沟为界、刺竹为篱，互助共防，形成我们今日所习称的六家庄。

　　林先坤大力垦拓六家地区，建立"善庆堂"，形成六张犁聚落。而后陆续来台的林姓宗亲则在六张犁旁另建聚落，俗称"新瓦屋"，此后林先坤更以此为基础，建立了竹北六家林屋的基业，揭开了饶平林姓在今竹北六家辉煌的历史。至今六家仍保存有林家祠、大夫第及问礼堂等历史建筑。

在地理位置上，六家庄为头前溪的灌溉流域所及，身处头前溪与凤山溪冲积平原的中心地带。六家地方各种利用水资源的技术发展完备：有分水用的"圆环"、"水汴头"，将水从低处运往高处的"水车"，载水过河的"水笕"，至今仍可看见的"水磨坊"等。不过成就最高的，还是六家庄的水圳文化。林先坤在竹堑地区开基拓垦，遍及新竹市北区、新丰乡、竹北市、湖口乡、新屋乡、杨梅镇，是客家人大规模入垦新竹地区的第一人。

竹堑诗

阮蔡文

南嵌之番附淡水，中港之番归后垄。

竹堑周环三十里，封疆不大介其中。

声音略与后垄异，土风习俗将无同。

年年捕鹿邱陵比，今年得鹿实无几。

鹿场半被流民开，艺麻之余兼艺黍。

番丁自昔亦躬耕，铁锄掘土仅寸许。

百锄不及一犁深，那得盈宁畜妻子？

鹿革为衣不贴身，尺布为裳露双髀。

是处差徭各有帮，竹堑荧荧一社耳。

鹊巢忽尔为鸠居，鹊尽无巢鸠焉徙？

内山功臣姜秀銮

范正宗

　　新竹北埔地区为新竹县最晚开发的地区之一，迟至清道光年间才开发，起步整整晚了100年之久；粤人姜秀銮与闽人周邦正，是开辟北埔最重要的人物，闽粤械斗是台湾开发史上常见事件，但是北埔却是由闽粤人一同开发，实为特别。

　　北埔原名"竹北一堡南兴庄"，北埔特殊的武装移民背景加上客家色彩，形成了北埔与众不同的聚落文化；北埔的聚落建筑在防御上注重的是多层防护，营造了防御功能的良好效果

（施沛琳　摄）

的聚落建筑，以秀峦山为其建筑中轴线的基准，在姜秀峦的规划下，分工合作缔造出北埔成为闽粤合作之光。

姜秀銮，祖籍广东惠州陆丰，曾祖父姜朝凤在乾隆初年就渡海来台。姜秀銮于清乾隆四十八年（1783）生于九芎林（今芎林乡），自小天资聪颖、胆识过人，很得官府赏识，于道光六年（1826）年四十四岁出任九芎林庄总理，奉官差遣，一方面从商开张丰源号，一方面从事土地开垦，到与其弟分家时已家产巨万。

清道光十年（1830）得官方赏予顶戴，道光十三年（1833）五月奏请赏给七品军功职衔。道光十三年（1833）又加入南重埔地方的垦务，负责隘防的工作，其资产以及防"番"开垦经验为官方所重视，故在道光十四年（1834）冬奉淡水同知李嗣邺之命在堑南横岗顶共建隘楼十五座，雇募隘丁一百六十名，负责沿山一带的防务，为新竹大隘地区开山祖师。

姜秀銮为金广福第一代垦户首。1842年中英鸦片战争，英国侵袭北台，姜秀銮偕子姜殿邦率团练壮勇赴鸡笼支持作战，获赐军功五品职衔。

姜秀銮积极参与公众事务。在尚未投入金广福垦隘防"番"事业前，他已出任九芎林庄总理。总理虽然不是正式的地方行政组织，但地方政府赋予总理处理地方公共事务之权限。

因此，姜秀銮在担任九芎林庄总理时，即已积极参与地方公共事务。此外，在地方文教方面，姜秀銮聘请彭清莲及戴立坤在北埔设塾，让当地居民就学。在宗教活动方面，姜秀銮不但出而领导，并且出巨额金钱，全力支持。

姜秀銮参与垦务，约始于清道光八年（1828）。该年姜秀銮以三百元资金，参与石壁潭坑洲一带土地之开垦。对于此片土地姜秀銮经营有成，引起他对垦务工作的兴趣。

姜秀銮在筹组金广福前，另参加了员山南重埔一带的开垦。他所负责的事务，并非单纯的隘务，而是武装拓垦移民的繁杂工作。除隘防、垦务之外，尚须建造庄屋、设立庄规。是故主事者除须具备蛮荒地区开垦领袖性格外，还需要与官府熟稔，才易与官府洽办诸事。

金广福垦隘组成后，姜秀銮出任粤籍垦户首，负责在乡实际开垦事务，而垦区的安定亦为垦户首的责任，因此在给出垦批之际，除要求所垦之地应赶紧开辟成田，以免延误租税外，还要维护垦区的治安。金广福垦户首具备处理垦区内行政事务的权

（施沛琳 摄）

力，是故姜秀銮除负责垦务外，另须负责垦区内之行政事务。

连横著《台湾通史》，北埔姜家三人入传，一为姜朝凤，附于新竹拓垦始祖王世杰列传之中；二是姜秀銮因开垦大隘事迹入传；第三人就是抗日闻名的姜绍祖，姜绍祖所率领的义军，其先人都属大隘的拓垦者。

淡新档案记载，北埔姜家与北埔垦户一百五十人早在清道光二十年（1840）曾参与中英鸦片战争，光绪十年（1885）中法安南之战，法兵侵犯鸡笼，姜绍基奉台北知府谕令，率领义勇军赴援，击败法军，金广福公馆早年挂于中堂的"义联粉社"匾额就是由此而来。

风城新竹，景观独特。石门观洪，那罗品绿，山山水水，皆具特色。新竹著名的山水景点还有五指山、尖山、狮山、拉拉山以及大溪口、大湖等，颇值得一游。

感悟

绿色

山水

台湾嘉义大林内简氏家庙

漳州南靖梅林长教简氏祖祠

石门观洪天上来

沈钟钰

今岁2月13日，为农历新春初二，作石门大溪观音亭之游。是日天阴微雨，轻风翦翦，9时半驱车出行，历半小时过桃园，折东南行，约三刻许抵石门，有游客多人先余游此。

时雨意方浓，游者或张伞，或加雨衣，搴裳而行，泞泥四溅；俯视溪流，河宽百余尺，方当枯水季节，沙砾河床现露过半，仅一湾绿水蜿蜒于中，浅处犹可涉而过之。道旁立牌，列示石门水库灌溉、蓄水、发电之功效。

其南，两峰巍然，岩壁削立，对峙于左右岸，相去百尺，若门户然。盖四围崇山峻岭，至此始豁然洞开，大嵙崁溪西流出此，北折入平原，为水库大坝之建筑处也。忽闻有声隆然，近视之则桃园大圳过水管也。

桃园大圳取水于大嵙崁溪，泻入水管，如万马千军，澎湃而下。旁有圳碑，记其事本末。圳历十三年而告成，化贫瘠之地为膏腴之田，受益农田二万余公顷，水利岂可不修乎？

石门水库告成，其功效数倍于此者。1时许，始驱车至大溪镇，时已过午矣。餐后再游大溪公园，园广袤百步，树木扶疏，间有亭台可憩。大嵙崁溪环抱其西南，时风雨凄其，

极目四望，山川迷蒙，云天渺远，无车马之喧，擅天然之胜，游目骋怀，身心怡然，可为炎夏避暑之一胜地也。

2时许再驱车游观音亭，亭实一小寺也。建于该镇南端之山巅，有石梯四五十级，拾级而上，入门而亭始见，唯殿宇不大，闻近拟募资筹建宝塔。内供观音菩萨，香火颇盛，每逢假日信男信女络绎于途，同行者或拈香问签，或取景摄影。凭高俯眺，一带溪流，几许青山，历历在目。

寺中楹联颇多，以亭联最佳："金斗斜阳催暮鼓；长滩流水和晨钟。"写景逼真，诚属佳句。迨兴尽归家，已4时半矣。

回朔石门水库开发史，它是位于横跨龙潭及大溪乡镇间，坝高133米，溢洪道有六座闸门，设后池堰、发电厂、石门大圳及环湖道路，是当时东南亚最大水利工程。

近年来并着重水土保持其兴建缘起，最主要是因为大汉溪上游陡峻无比，没办法涵蓄水源，下游地区常有水旱之苦；乃于1956年7月展开兴建工作，于1964年6月完工，花费8年，水库总长度为16.5千米，满水位面积8平方千米，有效蓄水量约2.4亿立方千米，为一多目标水利工程，具灌溉、发电、给水、防洪、观光等效益。

水库坝顶的高台可以远观龙潭风景，山明水秀。环湖山区是竹林还有原始林以及人造枫树林，大自然生态架构非常完整，鸟类之多，尤以秋冬季鸟况最佳。石门水库的花颜美不胜收：春天有樱花、桃花、杜鹃满山满谷盛开；白色油桐花有若细雪轻缀山林：逢仲夏，大树浓荫，沁凉无比；秋天，枫红大似染红水库四周，带来火红热情的秋季；冬日，越冷越开放的梅花，耶诞红开遍环湖路，真是美不胜收。水库风光秀丽，环湖公路及水库大坝区是游客们游览重点，包括大坝溢洪道、槭林公园、蝶苑、梅园、枫林、嵩台、望月亭、游湖码头、溪洲公园等等。路旁有凉亭和公园，供游客驻足休息，是适合全家大小最佳好去处。

筑园池歌学白傅体

林占梅

为人须得中，偏好皆为病。

所好在博戏，倾家兼败行。

所好在杯觥，过醉能乱性。

所好在床帏，纵欲如陷阱。

未若好园池，随时资遣兴。

层峦列画屏，渌水瞩明镜。

花木成葱茏，松篁互掩映。

晨光夕照时，鸟语添清听。

或趁柳风凉，或煮荷露净。

或抚月下琴，或击林间磬。

或时履巉岩，拨云历危嶝。

如此足一生，无争亦无竞。

如此到百年，不衰亦不盛。

此好见天真，何劳穷究竟。

湖中夜话溪山晓

涵 青

展开台湾地图，在苗栗县的南端，有一个群山环峙的小乡村——大湖。它是台省有名出产蚕丝的地方。

从那儿向南延伸，经过南湖、卓兰就到了横贯公路的中心点——东势。自此更南行，可直达台中，西行循公路经谷关、达见、梨山、高祥太鲁阁等地可抵花莲。它虽是苗中公路的支线，由于交通畅达，也就成苗中间的主要交通干线了。

一个清秋晴朗的早晨，我乘南下的火车去苗栗，车行约三小时许抵苗县。那儿有一条漫长的马路，是全县政治经济的中心，也是商业荟萃的区域。午后稍息，于4时许乘客运公司的汽车赴大湖。

车子穿过龟山大桥，一条小小的街道，却是十分整洁，特别是许多店门口，均种有垂扬，临街绿荫，频添一些疏朗的景色，尽管台湾亚热带的天气，然而时节潜移，秋风萧瑟，早晚间有着浓厚的秋意，杨柳是春天的宠儿，艳于盛夏，一入秋季，顿觉疲损腰肢，楚楚多致。所谓"不因弱柳临风露，怎得萧疏写素秋"！

正凝睇间，忽觉眼前一亮，立刻现出一幅阡陌纵横的山原，源头活水，不断由水圳里灌溉到田亩间，傍山深处，点缀着几处丛林，隐约有一些人家，在丛丛绿中，飘散出几缕炊烟。

天边上的斜晖，正如红锦似的照射着山林，顿时显出拖蓝带紫的光彩！那儿虽不似王维笔下的辋川，却带着江与晚秋的景色。偶然由树梢枝上，传来一些清脆鸟声，却是别饶幽趣；一时兴至，在车上打油一首："疏柳斜晖笼薄阴，秋风谁又悟秋心，山村小市无争竞，老树鸣禽送好音！"

行行复行行，忽然万景俱失，路径愈进愈狭，车子一个大转弯带上坡，已到了下福基。远远地绝壁裁山，隘口奇仄，但觉一线天开，几疑无路可通，更前行，下危坡山川开旷，翠岭长溪，汇集眼前，当晚霞留恋着大地，这一角天涯，愈衬得明艳多姿！一边是一片岚光，一边又是暮山凝紫，半山上缭绕着如烟似雾的柔云，白得像少女的飘带似的，那样幽闲、绰约！有如仙子霓裳，凌虚而御风，又如孤臣孽子，介行而特立！

公路是傍崖临水，蜿蜒前进，最奇怪的是车子从绝壁下，一连穿过十多个大小不同的仙洞。一会儿幽暗阴沉，一会儿明光轩朗，奇岩怪石，奔流险道，犬牙交错，曲折回环，荟萃于此！一时空谷风声，汶水溪声、树声，夹着疾驶的车声，交织如海上波涛，使人心神为之惊异，耳目为之迷眩！一碧秋光，恍如画境。不禁吟诗一首："连峰绝巘萃秋光，十洞嵌奇接莽苍，九曲汶溪清似画，画中山水是他乡！"

出矿坑是个石油矿区，两山叠嶂间，架有吊桥一座，汶溪流水，倾泻而下，成宽阔溪面，浅水澄清，波光山影，不由人不陶醉在天然秀美的境界！

越过出矿坑，车子沿着溪岸，曲折地向前进行，经汶水站抵虎山。这里是煤矿区，循左侧山径，约行一小时，即可到著名的虎山温泉。据说泉水可以治疗胃病，还可饮用，帮助消

71

化。这时，车上的乘客较少。我也乘机坐到最前排座位上，大约十余分钟后，已经驰过法华禅寺。回头对岸，重岭烟霭中，隐约见到一座环绕在浓翠中的名刹，气象越发显得幽邃庄严。忽然一个陡坡翻上来，呀！那一片葱绿的农村——大湖，却静悄悄地投在这万山丛绕的怀抱中。

这儿有高山、有流水、有小桥、有老树、有农家、有斜阳，只觉满目清景，袭上心头，立刻勾起我的灵思，真是天然一副对联："老树高山夕照，小桥流水人家！"意犹未尽，不免再打油一首："群峰雄峙大湖秋，暮霭烟凝紫翠浮。负手看山山势异，最高屏嶂孰低头？"

山乡大湖，只有一条往来通道的大街，其他均是小街曲巷，环绕这条街的左右，有"乡公所"、农会、大湖中学以及各业商店，近郊的革命先烈罗福星烈士祠，连同法华寺、虎山温泉，算是当地的三大名牌。

提倡早起早读的人，对于智慧开拓，实在是大有益处。大湖有早读的风气，天方破晓，已经有不少学生到学校里来早读，在篱边、檐下、花前、室内，洋溢起朗昂书声，不禁引起我们会心的微笑。我参观菊圃兰园，又优闲地踱到大湖二桥，远眺着田野，溪山，长林，短屋，好一个幽美清静的天地。"陇亩青青晚稻肥，层峦回合清朝晖；山家白日无人问，犬吠鸡鸣半掩扉。"桥长约50米，两侧群山，重峰迭岭，据云：左边山为虎山，右边山为龙山，山脉绵亘中部，极为雄秀！

从桥下溪声中，不时泛起少女们临流浣衣的笑语，我一面走到溪旁大石上坐下，一面手掬清流，思潮似溪水般，不绝而来。立时写成两首绝句："桥头溪水水泠泠，桥下树姑细细听。多恐心灵谁省得？自临清浅照娉婷！""虎岭龙山气自雄，每从暝晦意无穷。我来一掬清流水，洒向大风浩荡中！"二桥是三山环峙当中，也是大湖通台中的门户，水由两山夹口，汇合分流，它，太可爱，绿得像一只美丽的小鹦鹉似的，从清越中带有几分恬静的意识。兴尽归来，聊纪此。

游芝兰庄竹林石室诸胜

林占梅

夜泛剑潭水，晚过芝兰岗。

郊原多景色，岩壑任翱翔。

村连竹树人应雅，地产芝兰水亦香。

舍舟携友同登陆，一带幽居枕山麓。

土沃禾梁犬豕肥，水深溪渚鱼虾蓄。

和风麦陇昼鸣鸠，细雨烟郊春叱犊。

黄童白叟各怡然，相见依依成雍睦。

上有松峰樵径奇，绝顶千寻逼九嶷。

岩松蟠劫树葱郁，山石荦确径嵌巇。

平生愧未勤阅历，跻胜无方力已疲。

双脚踏谢屐，两手拄张藜。

攀缘登林木，缓步登云梯。

迤逦身缠峰顶齐，烟云随步到招提。

我居城郭如帷幔，哪得名山长在玩。

登此始知大地宽，不觉望洋自嗟叹。

徘徊立久静无闻，万木荫深绝斧斤。

高声长啸答岩谷，四山落叶方纷纷。

花心那罗桃花源

向往者

　　读了知名作家陈铭磻的《花心那罗》，只见他优美的文字化身一名称职的向导，引领我一步步踏进那令人心神向往的人间仙境——那罗，有条不紊地将那罗的美娓娓道来。

　　在他笔下，那罗被比喻为"文学桃花源"。其实，这并非作家心中过度绮丽的想象，而是一种名副其实的美誉。因为，我也曾造访那罗，亲自领略那罗的美，如此迷人。四年前的一月十五日，在作家陈铭磻积极的推动与催生下，新竹县尖石乡的那罗部落，打造起一座令人惊艳的"那罗文学屋"。这座有着欧式风格的那罗文学屋，就坐落在锦屏村青蛙石民宿旁，在群山层峦的簇拥下，显得格外闪亮耀眼。

　　新竹地方当局提倡少数民族系列艺文活动，不但将文学带入了部落，也将我带入这间台湾第一座部落的文学屋。第一场讲座，就是由陈铭磻老师主讲，分享关于报导文学与旅游文学的创作经验与心路历程。

　　盛夏的周末早晨，怀着忐忑不安的心情，从竹北开车到竹东，绕过了熟悉且热闹的内湾，进到了尖石乡。穿过一层层浓林绿荫，辽阔的山林在眼前展开，晨间的雾气逐渐褪去，初醒的山脊显得格外静谧。

　　复再前行，原本蜿蜒曲折的山路豁然开朗，锦屏大桥赫然出现眼前，这里已是锦屏村的入口。锦屏大桥两侧有许多象征泰雅人生活的雕像，每一尊雕像彷佛都有一段凄美动人的故事，让我忍不住停下车来，伫足再三，逐一欣赏它们的美。

桥边悬崖峭壁上，有一座雄伟而气势万千的泰雅勇士雕像，站在隧道的上方，巨大的图腾雕像，细腻地刻画着泰雅勇士的英勇形象，让人印象深刻。

再绕几个弯，就到了那罗村，见到了传说中的那罗文学屋。绕过青蛙石民宿，眼前这座黑白相间的那罗文学屋，有着简约素净的线条，紧紧依偎着蓊郁树林，透出温柔婉约的优雅气质。温煦的阳光溅了满眼的绿意，山林的翠绿与青草的新绿，交融成一片丰富而柔美的景象。

我忍不住贪婪地吸了几口清新鲜嫩的空气，心甘情愿地交出自己呼吸的频率，随着这片青葱山林一起呼吸，舒缓地一吸一吐。蜿蜒清澈的那罗溪，潺潺的流水声不绝于耳，在阒静的山林间，这是唯一的喧嚣。

文学屋内的布置简单雅致，两侧可打开的玻璃门窗，让晶莹剔透的阳光洒遍整间教室。

"报导文学作品就像一杯奶茶，报导是理性的，而文学是感性的。一篇好的报导文学作品，就是要将理性与感性的部分调匀，成为一杯味道可口的奶茶。"讲台上的陈铭磻，神情专注地解释着报导文学创作的种种观念，我的心情开始飞扬，随着偶尔闯入的凤蝶恣意地飞舞着。

徐徐的山风不时吹来，那罗人悠扬的歌声不时在远方响起，嘹亮的蝉鸣不绝于耳。徜徉在这座大自然教室里，汲取文学的养分，真的是一种惬意而奢侈的享受。来这里饱览大自然的原始风貌，让部落的美、山水情怀的美、文学的美滋养心灵，让文学气息敞开心胸，充满全身每一个细胞，一种幸福的感觉油然而生。

那罗，不只是作家陈铭磻的文学原乡；那罗，也启蒙了我的报导文学创作；那罗，更是值得大家一探究竟的文学桃花源。

双溪观石窍泉晚归灯下作示同游诸友

林占梅

双溪水清清无涯，双溪石秀多权枒。

水中之石桃始华，花凝春色艳如霞。

此间量分武陵通，仙源有路真无穷。

不然夹岸数十步，境物何缘色色同。

乍通幽谷名区见，郁郁高林绕芳甸。

凝眸四望接烟芜，花底时闻唤鹧鸪。

双溪左右分廉让，迭嶂高低展画图。

一花一木皆幽致，到此已无尘俗累。

溪边添个休休亭，可拟司空栖隐地。

此地从来我未经，钧天彷佛奏泠泠。

两道灵泉山中溢，瀑布喷从石窍出。

有人构屋临幽澳，镇日高眠无剥啄。

泉流绕砌茗堪烹，松影当窗书可读。

春游狮头雨意侬

神州客

这次游狮头山最不可获得的佳趣还是晚上，夜来漆黑气寒，歌唱一曲，珠喉圆润，平剧清唱，抑扬绕梁，口琴二胡，中西并奏，讲故事说笑话，打开留声机，便在榻榻米上大跳伦巴舞，不觉已夜深。

第二天我们在云板钟声里醒来，天光还很黯淡，外面雨下得相当大，起身来借了庙里一柄雨伞，两个箬笠，妻嫌衣衫单薄，多披了一张薄呢毯子。抹了一把冷水面便出发了。一路上张望山中雨景，真如苏东坡赏识雨中西湖一样的，另有一番奇景，这是在晴天所不能寻求到的。

过望月亭，斜坡石路路向下，修篁杂树夹道，曲曲绕绕，幽邃深静，雨声淅沥，白雾飞腾，不远处便是狮岩洞，洞窟很小，元光寺的前半间还露在岩外面哩，殿壁柱子和龛台都用水泥做的，中央祀三尊佛像，左殿韦护右殿关帝，两旁客房膳堂三数椽，昨夜住在这里的游客还正在起身盥洗，都为天色有些愁眉不展，见我们冒雨上山，豪兴勃勃，也引起了游兴。

我们参观一下殿堂后，没有停留，仍旧冒雨前进，走了百多步山林小径，便又顺着石级走下去，百级一折，又百数级再见泞泥石子山径，不远处便到了海会寺。我们正赶上那里的早膳，便挤进了餐桌，依然干饭素菜，我们吃得津津有味，同桌的人都是昨夜住在海会寺的游客，见我来，他们彷佛在欢迎远客，问长问短，一阵亲切，我们也借此多鼓舞他们些，别为山雨扫了游兴。

海会寺建筑在山坳里，殿堂清静得一尘不染，也是三尊大佛：玉观音、韦护、关帝，各就各位。庭前水泥大坪两边，樱花、海棠、洋柏、寿松、布置得很清赏，盆花满坞，山峦叠嶂，隐现在细雨轻雾之间。

再行，山路没有石级了，雨后水潭处处，泥泞污滑，我们步步小心。转过山角，天然古洞便在道傍，岩窟很浅，无甚可观，立刻加紧脚步，沿着蜿蜒蠕流的溪涧下坡，这时雨住了，眼前一亮，抬头看去，竹东平原，田陇村舍，尽在眼底，再下百余石级到了山谷，又得上坡百多级，到了灵霞洞。

灵霞洞也是就山岩大窟建的寺宇，殿建筑得别致，彷佛大街上古典的店面牌坊一样，中间嵌着"灵霞洞"三字，左嵌"山虚"，右嵌"水深"等匾额，寺里游客稀少，雨天更见香火冷落，我们喝了一杯茶，歇了一回脚，便合十告别。

闻说去万佛庵的路很难走，泥泞路滑。

一段泥路的尽头，岔路可去觉王洞，寺宇很好，远远可以看到。接着一段石级，下坡路很陡，石级也多不整齐，绕山岩，过岗峦，路上也有时遇着一群游客迎面来，大家打个招呼报告一些前途，胜似重逢的故旧。

书感

林占梅

钻纸纷纷笑冻蝇，年来兴趣冷于冰。
广交已觉迎人苦，习静翻招傲物称。
琴韵逸宜林下客，诗心苦似定中僧。
且将白眼青天望，俗论悠悠任爱憎。

　　三百余步走到了三岔路口，指路牌告诉我们从右路下坡去便是金刚寺，寺在山里，正在眼底，红墙飞檐，寺宇玲珑，还是远眺赏心的好，我们就没下去。直向右路前进，又是山回路转，一大段斜坡是黄泥路，往下远望，看不见尽头，脚下溜滑，真有些儿寸步难行。妻已不能举步，我便扶着她溜滑一段再跨几步，毯子几次滑落，脚上黄泥一团，涂没了鞋子，滑吓溜的倒有些像滑雪，几度要滑跌下去，到了这儿，每每有下坡不得，欲罢不能之势，屏气镇静，艰苦卓绝，总算过了阎王路，有了石级，让我们嘘一口气，回头看看来路，不禁叹为极作。

风城的故事

风信子

一般人常说新竹多风，基隆多雨，然而为什么新竹多风？其实是受到地形的影响。竹堑东南部高峻，大山脉多作东北西南走向（例如雪山山脉及其以东的中央山脉），因此冬季内之东北季风与夏季内的西南季风均可长驱直入，不受台湾中央山脉的障壁作用。

同时竹堑西北部滨海，海岸亦作东北西南走向，头前溪、客雅溪与凤山溪联合构成的三角洲平原为西北东南向，而且头前溪下游谷口亦为由东南向西北开敞，好像一个喇叭。新竹市恰好在此喇叭口的谷口地带，当东北季风吹来时，气流涌入河谷，受两岸谷壁的约束，风力势必加强；当西南季风吹来时，这喇叭状谷口地形，亦可发生相同的作用。

新竹多风的理由似浙江钱塘江口的海潮。海水为风力吹送，流入喇叭状的钱塘江谷口，受两侧谷壁的约束，水流拥挤，水面升高，结果产生高大的海潮。同样的理由，气流进入喇叭状的头前谷口后，流势加强，亦可形成强风。由于谷口风势较强，新竹市获得"风城"的称号。

考新竹三面环山，叠嶂层峦，自东南而西北，渐次降低而为丘陆台地，平原仅占全县总面积十分之一，分布于近海地带及河岸山谷之间，主要河川以头前溪为最长（61千米），其次是北边的凤山溪（全长25千米）和南边客雅溪，潆洄西趋，利于灌溉。只是水流湍急而水位的升降又很显著，所以毫无舟楫之利。

西北边临海，这是本岛凸出的部分，气候颇佳，经常保持着2℃~4℃的温度。这里最易感受季节风，风力相当强烈，故有"竹风兰雨"的俗谚。也就因为多风的缘故，使得在空气里散布的病菌，不易在这区内停留，而将整个新竹净化了。

因此，医学界和卫生家们，无不异口同声地公认它是台湾最标准而稀有的"健康疗养地"。

名山访道人

周一鸥

　　五指山，是"台湾十二胜"之一。山有五峰，形如左手之五指。中峰最高，海拔有1060米。由新竹换小火车至竹东，再由竹东乘公共汽车至上坪，便可登山。另有登山口，在大窝浪。山顶险峻，攀登而上，西边可以看到水天苍茫的江海，东南可以看到绵亘高耸的山岳，半山有山地樱，樱花开放的时候，在云烟缭绕中忽隐忽现，显得格外美丽。

中指峰下，突有斗形大石矗立，高约五六丈，周围有十余丈，中间凿开一洞宇，深进可十席，高达一丈多，洞中安置白玉石观音菩萨像，左右壁并各镌有佛像数尊，像前供陈法器数种，点有香火，洞名观音禅寺。我在前年春间，曾往游一次。今年三月间，常寂光居士听说五指山上新近来一远方老道，驻石壁中，打算前去寻访。我为好奇心冲动，就和刘书之君，同常居士再度登山。

我们先向观音禅行去，还没有到达寺僧的居处，就看到那边的景物，和从前大不相同了。先前路旁有杉林荫蔽，人行其中，立刻会凉爽起来。现在，杉林已经砍尽，只留下截余的树根。此外，庙中的花木池石，比以前亦都逊色。不过寺僧似乎比较朴实一些，从前的和尚是带有家眷的，我们前次来时，刚巧和尚出门，太太在家撞钟；现在的和尚，却是单身汉了。

我们一到寺里，就问老道人的居处。和尚装作不知。后来，我们在寺午膳，膳毕，给了钱，他们始知我们不是歹人，就自动地告诉我们，而且愿意做向导，带往我们往老道人那边去。

其实，我们那时候已经打算上山转一转就回头走了，他们这么一来，倒出乎我们意外，就很高兴地请他前走。大家一道走上C字形大谷，转出谷口，便到灶君堂，上有寺，名叫云光，寺前地基宽坦，风景高旷，背倚无名指峰，杂树丛密，苍翠欲滴。

我们入寺稍息，俯瞰新竹市区，庐舍在雾沉沉的下面，依稀可辨；左右两边山脉蜿蜒起伏，彷佛如龙蛇的相蟠，观赏了一会儿，即起步前走。仍由观音寺僧带路，依据灶君堂吃水来路——用竹竿架接的，穷源竟委，经过深谷丛林，上坡上坡又上坡，路面是高低不平的，又有碎石和落叶遮盖着，非常难走。这是因为新开辟径，很少有人行走的缘故。我们走走歇歇，进到高山境界，山径尤其逼仄，莽菁没径，荆棘刺衣，更是难走。

忽然"峰回路转"，突见崖壁一洞宇，不禁笑逐颜开。道人听见笑声人语，知有远客，即出来相迎。他那副白须丹颊的道貌，使我们一见心喜。他的神态和举动，亦复爽朗，请我们进了洞，就板床而坐。我举目测量，他那洞有两人多高，深约六席，是石壁凹进的部分，前头安置门壁，就成了一座天然洞宇。

洞壁当中，张贴三宝佛像，供香火，两旁贴有红纸联，联文为"极乐风光流法水，天然奥妙耸灵山"，横额"极天然"三字，亦用红纸写贴。洞的左右两旁，都铺有板床。左边角落，少为伸展出外，承接上面崖壁滴水，备有水缸火炉，一眼而知是饮食的设备。前头的门窗户壁，都是就地取材：编竹木做的，门前咫尺之地，还有幽兰两三盆摆着，都很雅致自然。

他的桌上摆有《金刚经》等，他每日亦须持诵。他并说每夜睡觉只有三小时，余者除做生事外，都是打坐；他的体气很充沛，颜面很红润，他的胡须很白，白得很有光彩，他的言语动作，不类老人，却像活泼矫健的少年；他也有家，在树林，而且丁口繁盛，常有顽皮孙儿，拖他老人家回去，老人终不答应。

请我们在那里谈谈说说，不觉过了一小时，恐怕妨碍道人功课，就辞了出来，道人送出洞口，还站在那里依依目送。

我们那天，原来走得很疲乏，经过和老人接触之后，顿时把所有的劳苦尽忘记了。回来一路走，一路想，此洞僻处深山，路径难走，没有向导，固然不能到，有向导，而在雨天，亦不能到，倘在雨后云雾漫山，那只有"云深不知处"了。

登大霸尖山题咏

胥端甫

　　苗栗大霸尖山，是山海拔3505千米，形如水桶倒置，万仞巍峨，为台湾山岳第一奇峰。

　　黎明五时首途，上伊泽山、大中、小霸三尖，皆巍然在望，唯大霸之威严险峻雄姿，矗立天际，令人不敢仰视。俯瞰苍郁无边之原始森林，呈千严万壑之观，朵朵白云，在下缓缓升起，团团然相续相离，或左或右，云底苍酽一色，令人心旷神怡，玉山岩壑，又呈双眼，真宇宙之奇观矣。

　　从伊泽山曲折而下，经棱线至大霸尖山麓，全体摄影，以留纪念。环麓到东南点，始攀万能角铁梯，缘巉岩俯伏而上，动魄惊心，如胆怯神摇，则坠成粉末，铁梯五段，梯尽攀岩，仍须凝神摄氧。其循梯下上，只可单行，弗能双继，以策安全。

　　比登尖山绝顶，心境快然，目空万里。时中午十一点，顶端岩块，分崩迭积，形势迫人。展望四界名山，如雪山、南湖大山、中央尖山、无明山、毕禄山、莱山、合欢山、能高山等，均历历可数，甚至玉山崔巍，亦约略可见。远近群峰，既从云海中露顶而出，青苍茫茫，时人之心灵似与天地之精神相契接。所谓"大哉圣人之道，洋洋乎发育万物，峻极于天"。斯时也，真有此种胸怀与境界。是日天公助美，遥空不见纤云，时届秋末，薄着单衣，亦轻暖愉快，实难得之良好山候也。人世间之利禄功名，却完全置诸脑后了。

　　第二日黎明早餐，七点辞别观雾，开车启行，经清泉摄影留念，十点三十分到达新竹，即分乘火车公路局车安抵台北，游程至此结束，不禁欣然喜曰："快哉此次登山之行也，峨眉青城之胜，天台雁荡之奇，泰山衡岳之著，皆不若台湾山岳之雄险幽深，奇丽峻拔。"

达观自在陶渊明

朱立希

拉拉山为达观山之原名。1973年，私立"中国文化大学"的教授在此发现大片的红桧神木群，景观与阿里山的神木齐名。从此让拉拉山声名大噪，吸引各地游客造访。

1986年，达观山成为自然保护区，范围涵盖北横上巴陵附近各山区，区内除了高耸入云的红桧、扁柏神木群外，还有青枫、山毛榉等变色叶木，每当秋凉时分，绿叶转红，景观更具诗意。为方便游客走访，林务部门特别兴建景观步道，进入游乐区后沿着步道前进，可以欣赏树龄在五百至二千年左右的红桧巨木。其中，五号巨木树龄最长，约有二千八百年历史。

拉拉山的休憩游乐重点，除了自然游乐区与采果乐外，近年来因为独角仙与锹形虫、各种鸟类的生态多样丰富，成为学校最喜爱的户外教学地点之一，除了各农场、民宿有生态导览服务外，为了方便游客能轻松获得各项生态导览信息，新竹林务部门并在游乐区设置生态教育馆，还有专人解说。

拉拉山生态教育馆内的自然生态解说馆，安排了各种拉拉山生态，包括动植物图片与标本图解展示等，多媒体视讯会议室则播放生态解说影片，内容有动物篇、植物篇、神木篇。而地下一楼生态解说馆，以陈列方式展出植物姿态、植物保护、昆虫保护、发现蕨类、植群特色、稀有鸟类、泰雅文化等，内容相当精彩。

此外，在下巴陵的拉拉山旅游服务中心也有独角仙与锹形虫等生态展示及生态影片，让许久未曾远离城市的游客，在此都能找到惊喜与感动。

拉拉山深秋枫红，每至深秋，北横公路沿在线，都能发现处处粉红、红紫、红、黄景观的变装树林，吸引着摄影师驻足拍照。由于台湾位于亚热带，虽然变色叶植物较少，但受到高山海拔的影响，至少仍有三十四种以上变色叶植物遍布全岛，其中以青枫、枫香、台湾红榨槭、山漆等最具规模，天气转凉时，就在拉拉山开始展现不同的面貌迎接娇客。

通常游客误认的枫树，其实是枫香，在生态教育的分辨方式为三枫五槭，指的是枫香三裂，槭树五裂，而枫香除了是优美的行道树及庭园树种，其木段还是种香菇的好材料，享有"香菇木"盛名。

海拔1000至1600米的北横公路与拉拉山自然保护区内，有青枫、枫香、台湾红榨槭、山毛榉、台湾栾树、猕猴桃等变色木植物，深秋时除了展现诗意画境，并可享受捡拾红叶的乐趣。

水蜜桃与水梨的亲子飨宴是拉拉山的招牌菜。拉拉山以水蜜桃闻名全岛，自每年6月份起的水蜜桃采果体验，更成为全民运动。除了盛产水蜜桃外，蜜李、甜柿、水梨和弥猴桃的质量口感，也成为消费者网络订购、宅配的超级明星。

每年6月到8月为拉拉山水蜜桃盛产季节，最适合全家亲子一起享受采果之乐，游客们可至上巴陵的各家农场果园，在主人带领下，一起悠游于世外桃源，还可来趟知性的果园生态之旅。9月起，拉拉山的盛产水果主角，开始换成水梨和甜柿上场，还有10月开始的弥猴桃也是芳香味美。

北郭园新成八景答诸君作

郑用锡

笑余买山太多事，新筑小园喜得地。

回环曲折略区分，编排一一增名字。

小楼听雨足登临，小亭春望堪游憩。

莲池泛舟荷何裳，石桥垂钓香投饵。

深院读书一片声，曲槛看花三月媚。

小山丛竹列箕筜，阡陌观稼占禾穗。

周遭八景系以诗，题笺满壁群公赐。

既非洞天六六开，但有蒿径三三翳。

堂坳尺水当海观，封埒拳石作山企。

斯为倪迂清閟图，补作平泉花木记。

莫言撮土此三弓，亦足引人入深邃。

玻璃户牖生虚白，四序能延清爽气。

循檐索笑颇复佳，顾影独酌真成醉。

座客闻言各欢呼，妙谛可抉南华祕。

非鱼子岂知鱼乐，看花我更得花意。

此是平生安乐窝，他时当入淡厅志。

大溪口度周末

吴恺玄

"故人江海别，几度隔山川，乍见翻疑梦，相悲各问年。"我们长长十四年的阔别，居然在这海外的仙山又重逢了。我和老友萧慎哉傅素云夫妇，是在"七七"事变的前夕，从南京分手的。别后一直就没有通过消息，彼此的情况，一点也不知道。

时间像流水般的过去，算来已经是整整的十四年了。当我们忽然在台北遇见的时候，那时真是惊喜莫名，疑是在做梦，但由于现实的一切证明，的确是老友重逢，并非梦境。慎哉兄夫妇的家，是卜居在距离桃园十五公里的大溪镇，离台北约有四十公里，那里有幽静的云山，湾环的流水，他们是陶醉在田野的环境里过着甜蜜的生活，不像我们在台北居住的人，每天是在喧嚣忙碌中过日子，没有一点清新的头脑。

他为着要使老友换换空气，曾累次相约去他们的家里小作盘桓。上周的星期六，慎哉夫妇为了要欢迎老友到他们的家里去度周末，特地由大溪自驾轻车，赶来台北相迎，这样的热情，真是"青山横北郭，落日故人情"。我们的心，真像落日那样温暖啊！

我们是午后五时由台北出发的，同行还有几位女客，很是热闹。车子突过了台北大桥以后，就进入云山深处，山光云

（施沛琳 摄）

影，浓阴夹道，宛如仙境。当车子经过那尖山山顶的时候，忽见群山四合，又是另一境界，不觉胸襟豁然，俗情顿消。

当我们快要到达大溪的时候，远远的望见那清澈的江水，从天边蜿蜒而来，临江的崖石，壁立千仞，那坐大溪桥，就像苍龙似的，从那崖石之下突出。直冲对岸。这时已是暮霭渐浓，炊烟四起，云山苍苍，江水泱泱，正是一幅美丽的画图。

慎哉兄的房子，是一所日本式平房，宽敞而又幽静，在大溪要算得是头等的住宅了。后院很是宽阔，中间有个水池，前后院满是花木，苍松古柏，陪衬着两株老干槎枒的桂花，时有幽香绕室，这样清静的地方，真是不可多得，我们到达后，置身其间，立刻就有些飘飘然，格外轻松愉快。

主人的晚餐早就准备好的，我们休息了一会儿，又在前

（施沛琳 摄）

后院很悠闲地散步一番，就在那间三面临窗、亭园在望的餐室内，展开了一顿丰富的晚膳。

　　园中的花木，本来已经很多，慎哉兄是个爱花的人，他又加意地培植了一番，因此名花甚多，格外显得别致。次日我们很早就起来了，"惜花早起"，这是我们不约而同的心情，我见到附近各处的园中，都是花开似锦，不觉起了贪心，想分种移植，把我台北的寓所加以点缀，说着就做，我和慎哉兄两人，立刻就去和那各园中的主人商量，他们很是慷慨，使我收获了好几本名花，慎哉兄又分了一株小桂花和变叶树翠竹等送给我。

这半日间，竟为花而忙，我们在骄阳之下，带着一位花匠，奔来走去，只觉乐趣无穷，毫无倦意。午餐后，我们又展开游览的新姿态，由慎哉兄驾驶一辆小吉普，首先游览大溪公园。大溪本来是在一个湾曲山谷中，风景已经是够优美了。可是在那进入市区的边沿，壁立千仞的悬崖上，又建设了一个宽阔的公园，因此更显得玲珑幽邃，别有天地。

这时那临江突出的崖石下，夹着盘根错节的古树，正有两个渔夫在临渊下网，青山如黛，回澜变成银白的水珠，又有两三鸥鹭。景物之美，疑似幻觉。我们也觉得够满意的了，就驱

（施沛琳 摄）

车向距离大溪三公里的莲座山进发，途中又参观了他们新建的住宅，简单朴素，很是切合实用。莲座山，是像朵莲花，伸展到江心，三面临水，一面靠山，我们爬完了百级石阶，才登山顶，那里古殿巍峨、遥见江流如带，很是雄壮。我们在那山顶留连了一番，也就寻山而下，驱车回寓了。

这时已是夕阳西下，慎哉兄为了我的花本不可耽搁，必须今夜赶回台北栽植，不便挽留多住一宵，只好派车送我先回，我是载着满车的花，充满着愉快，那车子在暮色苍茫中驶着，我在午后七时，便回到台北了。

佛洞胜景狮山对夕阳

西 西

　　狮头山绿树间，天然美妙，宛如一幅灵山胜景图！

　　狮头山是尘场大山的支脉，中港溪横贯于其间。这山在峨眉乡的南端，分水岭之南便是苗栗县的南庄乡，巨岩峻峭，连峰并起，隔着三湾溪和象鼻山相对峙，迤北则丘陵起伏，盘屈于藤坪村六寮之间，因为它的外形很像狮子，所以道光年间淡水同知李慎彝便替它取名叫"狮头山"。

(李增昌 摄)

　　狮头山海拔496米。山顶岩岫，幽壑深涧，时常云烟缥缈，漫山遍谷的大树，一如蟠龙屈结，修皇杂木，丛生于岩石山阿间，石磴重叠而且迂回，游人穿过茂密的林木，抬头不见日，虽然时在盛暑，但是丝丝凉意，时袭心头。岭半有悬崖削立，高度往往超过100多米，望了令人毛骨悚然，不要说是亲临其境了。

　　攀登狮头山有两条路可循：如果打从苗栗入山，可乘坐纵贯铁路线火车到竹南站下，然后换乘汽车，仅18公里即可到南庄乡狮头山登山口入山，这是一条正路，堪称顺境，因交通较便，坡度也较平，颇为游人所乐于采用，但狮头山的嵯峨、艰险和伟大的情味，却不大容易领略到。

　　尤其归程仍走回头路，这是最煞风景的事；但如果从新竹乘坐汽车直驶竹东、北埔、峨眉而至社寮坑（今石子村）、长生桥，然后开始登山，不到十分钟工夫，即走到峨眉乡藤坪长美山脚的水帘洞去，这是狮头山的东北尾端，这洞是最大的天然洞窟，宽约100多坪，作长方形，洞里大好几间简单的禅房，中央是佛殿。而这个洞又好像一只狮子大张嘴，洞顶一排岩唇，伸出来好几丈，山泉就在这岩唇的缝隙那里，一滴滴地滴着，很像一排水帘，"水帘洞"的命名，大概从这得来。

　　水帘洞的前面，有一宽约一丈的石廊，廊深两丈多，是一个长达一里多的大盆地，游人立在这盆地中，一声呼啸，四山皆应，又靠近水帘洞一端的盆地上，却有着一个清可见底的浅水塘，岩石为底，光洁得可踏可濯，许多游人便挤在塘边嬉戏，有倚石凭眺的，有赤足涉水的，悠哉游哉，大有出尘脱俗之感。总之，这里洞上有清泉，涓涓下滴，洞前有小溪，潺潺泻流，人们一旦置身其境，但觉清趣横生，须眉皆绿。眼见银光泻地，耳听流水声喧，凉味万斛，夏日来此，真不知人间还有炎暑正在头上蒸射呢。

水帘洞的右边，有两座高插云端的大山头拥抱在一起，中间仅有一条可通一人的大缝，这条缝不知到底有多深，是否能通到另外的一个世界，从来没有一个人去探究过。而这座山头，全身上下长满了凤尾草和苔藓，这大概由于水帘洞的水气所浸润的吧！

又因洞前湍流直奔山前，轰轰然作雷鸣，好像人间的一处洞天福地，故这水帘洞也有题名为"梵音寺"的。加以洞前溪流滚滚，一如瑞雪的缤纷，碧水萦回，终年不息，无怪新竹名记者王箴盘（字石鹏）有诗赞道：

> 世外别成般若台，泉清幻雨落岩隈。
>
> 群峰合拱天如井，乱石纵横水作雷。
>
> 洞广可容千客住，山空时有老猿来。
>
> 避秦莫问桃源路，此即洪荒古穴开。

此后便是一道长长的青石禅道，坡路平坦，约100多级，途中山气氤氲，游人迈步山径上，身心为之一爽。这儿最令人注目的便是登山口的大门上，高坊宏开，上面横书"狮头山"三个大字，这是登山揽胜的通径。高坡下车水马龙，各处来游车辆，排成长长的车队，分列在公路的两旁。这里是交通的中枢，又是登山的要冲，游人如果从水帘洞来，已经走完了7公里的山路便可以在这儿搭乘开返竹南的班车了。

总之，狮头山是一处佛洞胜景，除了一部分跨在苗栗县辖外，大部分都在新竹县峨眉乡中，山上多倚傍天然岩洞，凿岩附建寺院殿堂，更遍植了奇花异木，令人觉得佳景天成，寺寺脱俗。计狮头山的南面即苗栗县辖有劝化堂、开善寺、辅天宫、舍利洞、紫阳门、饶益院、超升灵塔、观音瀑布、狮头岩、登山口等胜景，北面新竹县内有望月亭、狮头寺、海会庵、天然古洞、灵霞洞、金刚寺、万佛庵、梵音寺等，奇岩古洞随处是，无不别有洞天，令人一入净域，宛若置身尘世之外。这山容表突兀，颇和一般山岭不同，且为台湾唯一的佛教圣地，无怪四时南北巡礼游览的士女，络绎不绝于途啊！

狮头山并有"三狮朝阳"、"二狮伏地"，而形成五狮弄球之势，风物宜人，春桃夏荔，秋枫冬梅，四时繁花怒放，竞艳争妍，游人到此，真叫你目不暇给。若论风景，以超升灵塔及开善寺最为开旷，一旦登临，可远观许多山峦，漫波浸没于云海之中，其他则磴道复折，花木葱茏，梵宇错落，崖瀑炫奇，叫人无法胜述。

青春女诗人鹿咏霓于盛暑来游狮头山，从登山口上行，但见狮头山形似蹲狮，头南向，地属南庄乡，苍岩陡峭，形势崔巍，加以晚凉阵阵，溽暑顿消，于是有感而作《暮过狮头山崖壁磴道》一绝。诗道：

为爱狮山一味凉，落霞送我入南庄。

岩前剩得狮头在，千古无言对夕阳。

新竹的风俗打上闽南人和客家人的深深烙印，而其传统则较内地更醇。相比闽南人，客家人的特色更为明显。从客家美食到客家的传统服饰，客家人显示出独特的风情。新竹还有崎顶西瓜和秀才米等著名地方特产。

品味

地方

风情

平和江氏族谱

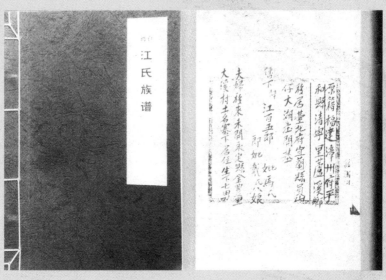

台湾江氏族谱

竹堑年俗乐谈

李家通

昔时农业社会，家家户户刷洗完毕，就到水井边提水挑水，把水缸装满，稍有溢出是好事，以示年年有余。随后即把水井用石板或木板上加压石头，把"水井口盖住"，因为井神须要回该邑"直辖龙宫"向龙王尊神"奏事"，故避免搅拌引起水波涟漪。民家盖水井口先以"甜汤圆"祭祀。

笔者曾在新竹南门外竹莲（中井），见主事者呈疏龙王谢恩，舀少许甜汤入井，礼毕则焚纸帛、鸣炮致谢，感谢井神提供干净水源，使居民饮水、洗涤，并祈来年供水无虑，直至正月初四方才掀盖用水。

老一辈新竹人，除夕前一天深夜，习惯到百年以上各宫庙"烧过年金"。新竹市区又以天公坛、竹莲寺观音亭、外妈祖长和宫、都城隍庙人潮最多，最为热闹。

敬天公祭神贺新岁，要放好几次鞭炮，驱邪添喜。祭神时，用细辗磨成的米粉蒸成圆盘状，有淡的、甜的、咸的"年粿"，也有用面粉、糖、熟番薯糅合发酵的"发粿"，发粿象征吉利. 为拜拜必备供品。过年炊发粿还有讲究，头一个要做得特别大，放在蒸笼顶格蒸，这是正月初一敬"天公"的心意，年粿上面绽裂开来，就是蒸得成功，是新一年顺遂好兆头。

除夕祭先及神，各家均梳洗更换新衣服，自子刻起，至卯时止，要操办"敬神敬公妈"供品，选贴字体典雅新春联，谓之辞年。是日中午，每个家庭皆尽力备办丰盛菜肴，祭祀敬奉祖先。度岁，皆以米粉为糕粿、饵饵之属，留宿饭于明日，谓之过年饭。同时，摆香案，面向天井空中祈年拜天，俗谓"烧天金"。年兜前，主妇们还挎着装满筵碗的谢篮，具酒馔于庙前设祭，敬天、敬菩萨、敬"大众爷"、敬过往亡灵好兄弟，祈来年同心协力、招商运财。

在庙宇方面，则以整只垂叶甘蔗置门侧，殆取渐入佳境之意。此外，商家主人亦有在屯货场所，给制"辟火符"分贴各家门仓储场房四方高处，藉以度岁。

贴春联则为节日增加喜庆气氛。这一习俗起于宋代，在明代开始盛行，到了清代，春联的内容和艺术性更趋成熟。

年画，是民间最普及的文化艺术形式，也是民族文化的一个重要载体，过年买几张年画贴在门上，或贴在屋内墙上或厅房中，作为过年的装饰和标志。年画形成已有上千年的历史，是历史、生活、信仰和风俗的反映。年画的题材非常广泛，人物、花卉、山水、历史故事、古典小说都可以用作为年画题材。

是夜，家人团聚，吃年夜饭。新竹俗谚："清明不回家无祖，年兜不回家无某（妻）。"在外地工作者务必赶回参加除夕团圆之庆。大年除夕祭祀祖先和神明，感谢神明和祖先一年的庇佑，并祈求新的一年能够事事顺利。

台湾习俗团圆饭照例要有鱼，取"年年有余"吉兆。无论吃不吃，大年夜还得煮些米饭，盛放着过夜。米饭上置放芋、红枣、红柑，用来祈祝未来日子多福、多财和丰收。

旧时煮饭烧柴火，当夜厨灶要"掩火种"意谓兴旺。《熙朝乐事》曾说：除夕人家祀祖先及百神，架松柴齐屋，举火焚之，烟焰灼天，灿如霞布。这种入夜后拾柴枝焚门外，炽炉炭，烧杂木爆竹于庭前，牵子女团坐，俗谓"火盆光"，乃祈天赐予合家前途光明。家务收拾停当后，置"火盆"于桌下，设酒食聚饮，合家欢聚一堂守岁迎春。灯明蜡亮达旦不寝，长明到次日，一家人紧门闭户，谓之"守岁"。

玉液琼浆崎顶西瓜

陈肇锜

　　台湾位于亚热带，气候四季如春，不特风景宜人，素为国际观光游览人士所向往的美丽宝岛，且因土壤肥沃，盛产各种名闻遐迩的水果。

　　夏日炎炎，正是西瓜上市的季节，无论旅途解渴，山巅海滨游览时的消暑，以及家居茶余酒后之助消化均所适宜。

　　台湾所产之西瓜均为近圆型，皮薄、籽少、肉多、汁丰，个体硕大。产地遍及全岛各地，其种类多以地名冠其称类，如

三月份上市之高雄瓜
（黑皮），四月份上
市的南瓜（黑皮），
六月份盛产的后龙瓜
（白皮）及崎顶瓜（白
皮），以及冬春之间屏
东瓜（白皮）均为上
品，西瓜在台湾可说一

年四季均有的水果，其中以崎顶瓜为最上乘。

　　崎顶瓜产在新竹县辖崎顶地方，该镇位于新竹县之西端，
地靠台岛西海岸，乃纵贯铁路上一个车站。崎顶瓜的特质，为
皮薄白色红瓤，黑籽籽少，肉丰汁甜，沙熟入口即化水，极为
可口，所以其售价较各地所产之瓜为高一两倍。

　　西瓜性喜沙质土壤，宜于温暖气候中，旱涝则不适，大旱
则不长，大涝则其瓜味顿失，所以瓜田中以水利调节得宜为种
瓜之重要技术。崎顶之瓜在2月份下种，仅施肥一次，平日仅注
意调节水利，历时五个月至6月份即可开始收成，陆续收摘三四
个月到八月底九月初完毕。

　　其生产情形有一棵数秧，一秧数颗，每颗重近十余公斤，
迭迭白瓜遍布瓜田，隐现在瓜秧下，你于春末夏初之间若乘坐
纵贯铁公路车，进入新竹境便会看到路旁双边瓜田星罗棋布，
绿秧白瓜点缀在金黄色广野上，织成一幅美丽的大自然图案。

　　台产之西瓜虽有运销于香港，但因运输技术与设备欠佳，且
西瓜易于腐烂，故外销有限，亟待改善以打开外销出路。因本岛
炎夏供应销量颇巨，尚不至出现滞销之现象，如天气浩热多日

未下雨则瓜价多随之飞涨。足见西瓜于本岛之夏季水果中之圣品。莅台旅客，未顺便啖台湾西瓜或携带赠人，实有负此行。

附近有一崎顶海水浴场，位于竹南崎顶火车站后方，面积约十二公顷，为一个长形海滩，海滩坡度零点五度，较深处满潮时有一米，为一个良好的天然海水浴场。

浴场内景观幽美，沙丘植满树木，一片黄色沙滩，海水湛蓝，是夏日的好去处，游泳啖瓜诚为夏天去暑一大乐事。

客家美食咸家客

罗文佳

　　客家美食可说是台湾客家文化的代表项目，客家文化重建运动的过程中，也把客家美食当成客家文化的中心价值之一，每一个客家运动的场合，都会有几项特定的"客家美食"，早期有"糍粑"，近期则是擂茶，这两个兼具美味与现场表演双重效益的饮食文化，或多或少鼓舞了更多人参与了客家文化。

　　桃竹苗地区可说是客家人口密度最高的地区，客家文化深深影响桃园的饮食文化。客家料理是最会反映出客家人勤劳刻苦的生活智慧，虽然不特别讲究华丽，但却深具特色。咸、肥、香是传统客家的风味，为应对当年不断迁徙的生活环境，发展出盐渍技巧，创出如福菜、酱萝卜、酸菜、腌肉等各式各样客家经典食材，因此客家料理易下饭、入味香，也使得家常小炒、白斩土鸡、姜丝大肠、客家焖肉笋干及梅干扣肉等著名菜肴，既地道又能迎合大众口味，吃起来口味独特，令人回味无穷。

　　如今桃园的客家料理，经过餐厅的创新巧思，不断地创新私房菜，推出一系列客家风情十足的客家料理，巧妙引用食材，保留客家料理擅长的炒、焖、炖等技巧，变化出一道道创意十足的客家美食。除讲究色香味，更强调精美盘饰，此外，因应现代饮食风潮倾向健康诉求，近来桃园的客家料理中也偏

客家菜红烧鳟鱼（施沛琳 摄）

客家野菜（施沛琳 摄）

姜丝大肠（施沛琳 摄）

客家小炒（施沛琳 摄）

向清爽口味，更有混合闽南或是异国料理的烹调法，让人对客家料理有新的期待。

除了从传统出发的现代客家饮食之外，台湾客家人在二战后还吸收了来自大江南北的饮食文化，发展出许多风靡饮食市场的城市美食，例如，从桃竹苗地区移居大台北地区的客家人，改良了源自中国北方的面食风味，创造美味可口的"永和豆浆"，近年来甚至成为风靡海内外的都市美食。

竹堑饼（施沛琳 摄）

观音陂塘莲花锦簇

曾恩坡

（施沛琳 摄）

春花齐缤纷，采果拈花乐。桃园观音乡是北台湾莲花的故乡，每逢夏日，处处芬芳。在莲花不开的冬天，熏衣草、向日葵、油菜花等依然花团锦簇，娇艳的花朵尽情地绽放，为观音乡增添暖色系的绚丽景观。

沐浴在开阔的花田中，品味竞相争艳的花草，触目所及皆是绚丽景色，仿佛置身法国普罗旺斯般，令人陶醉。

（施家娴 摄）

　　观音乡近年来以莲花吸引大家的注意，规模足以与台南白河镇分庭抗礼，"北观音、南白河"是台湾赏莲区的代名词。

　　观音陂塘文化相当有特色，近年来转型为莲花田的观光型态十分成功，每逢假日总是游客如织，各家农场除了拥有广大的莲花田，还各自发展出好口碑的莲花餐、相关商品及乡土活动，是适合全家出游的好地方。

　　观音栽种的莲花主要为观赏品种，如大贺莲及香水莲，境内数十家休闲农场及莲园，每逢假日是游人如织好不热闹。

观音的莲花田多半集中在观音乡观光休闲农园区大堀、蓝埔村及草漯等三个区域，草漯更有广达数甲的大片莲花田，视觉上十分震撼。观音境内三四十家莲园各有特色，配合以莲花、莲子开发出来的餐饮服务，如莲子大餐、莲花色拉、莲花茶、荷叶八宝饭、莲子酥等，成为游客们全家一二日游的最爱。

从五月入夏之后一直到七八月盛夏时节，观音乡遍地散发着清郁的莲花香，原本青绿的荷叶田，霎时绽放一朵朵色彩缤纷的莲花来。

（施家娴 摄）

向日葵茶沁馨香

艳阳天

向日葵花让人想跳热舞！

在向阳农场熏衣草花田旁，黄澄澄的向日葵在冬阳照射下，呈现丰富的色调，就像是一个个小太阳般，给人带来暖烘烘感觉。向阳农场全年都可看到向日葵，冬季主要为巨无霸品种，茎变短了，但花朵一样硕大。向阳农场的"向阳小铺"，卖的东西多与向日葵有关，如杯具、服装、摆饰品等。其中的向日葵花茶是用花瓣干燥所制，冲泡时加上红茶与马鞭草，喝起来很芳香。葵花造型的向日葵饼干，一片饼干有两种口味，中间黑色为巧克力口味洒上葵瓜子，这些都是桃园沿海四乡镇的名产。

大溪老街怀旧趣

李腾云

　　大溪的和平老街是大溪古镇中最具特色的景观。来此可见街道两旁成排的巴洛克式建筑。雕工细致、造型华丽的牌楼，散发出典雅迷人的气质。虽是老街，但却整理得干净又明亮，古色古香中彷佛还嗅得昔日的风华。

　　和平老街因大汉溪河港码头之故，自清朝以来渐渐繁荣，咸丰年间达到极盛，传统的家具制作亦于此时期由大陆内地传入。而其街貌及建筑也历经多次的变革。甲午战争后，台湾割

（施沛琳 摄）

（施沛琳摄）

让给日本，日军登陆台湾时，引起旧清兵及台民的反抗，大溪亦受到波及，和平老街遭日军炮击焚毁，变成残垣一片。直到1917年，老街才渐成规模。

1995年，由当地居民及众多的民间团体帮助下，发起"老街再造"的工程，才使老街又恢复了昔日华丽的风貌。

现今老街上的店家，不但有传统的木器老店，承袭着古老的技艺，亦有数十年至百年的打石店、药铺、豆干、饼铺等。而新兴的咖啡屋、艺品店等也陆续进驻其间，为老街注入了新的活力。

大溪老街的旅游行程动线，主要是以和平老街为中心，大汉溪畔的美景与庭园咖啡、武德殿、李腾芳古宅等古色古香的古迹，还有巴洛克风格的老式建筑，加上隐藏在老街及镇上的小吃美食，让老街之旅十分丰富。

　　大溪是桃园最早发展的地方，透过大汉溪小帆船行驶淡水河，与大陆贸易兴盛，也造就了许多商号与商贾。和平路、中山路等老街，各商号融合巴洛克式繁饰主义和闽南传统装饰图案，包括希腊山头、罗马柱子和中式的鱼、蝙蝠等祈求吉庆的图案混合，形成大溪专有的特色。和平老街开发较晚，老屋的保存状况也较好，街上特色商店林立，小吃、木器店甚多，假日总是游客满满十分热闹。

　　早期拜淡水河运发达之赐，位于大汉溪畔的大溪因而发展。约在清光绪年间，大溪凭着依山的地势和临河的水利，发

（施沛琳 摄）

达的航运与丰富的物产，促使大量的制造樟脑、制茶、采煤工人及运输业者涌入大溪，外商纷纷设立洋行于此，大大小小不下三四百家，其中以和平、中央、中山等路最为繁荣，在这一段意气风发的黄金岁月里，大溪俨然成为北部的商业重镇。

大溪以产豆干闻名（施沛琳 摄）

从大溪武岭桥远眺淡水河源头之大汉溪 （施沛琳 摄）

南庄思古桂花巷

艾 梅

　　苗栗南庄，对于我这住在隔壁县市的新竹人来说，绝非第一次造访，但每次来访的地点也都有所不同。记忆中，小时候曾在南庄的溪边戏水、抓小鱼、烤肉，也曾在这附近的餐厅大啖鲜美的鳟鱼。

（施沛琳 摄）

　　接着，记忆马上跳到了大学毕业后的实习，期末学校老师的聚餐出游，我们来到了南庄的蓬莱"国小"，蓬莱护鱼步道，还有南庄永昌宫附近的老街，那是我第一次来到南庄老街。我心里存在着很大的疑惑，怎么这老街一点也不"老街"？没有湖口老街、大溪老街等的砖红色楼房，也没有鹿港老街弯曲迂回的漫长小巷，只有一条狭隘的桂花巷，这确实是我看过最不"老街"的老街了。

南庄老街上，有一条桂花巷。起初，我以为桂花巷应该是种满了桂花，飘散着桂花香气，事实上并不是如此，前两年来和这一次来访，我皆未曾见到桂花芳踪，反倒是巷子里的店家，不论是在店名招牌或是食物上，总免不了和桂花扯上关系。那么，不种桂花的巷子，又为什么要叫做桂花巷呢？

经过我在网络上一番明察暗访后，有这么一说是巷口里有一家历史悠久的面店，招牌就叫做桂花巷，除了卖面食之外，当然也少不了客家风味的美食，而其地道的口味也成了当地人用餐的最爱。而后，在经由于当地推动小区工作的牧师和居民们，在巷子里开了咖啡店，欲作为与当地居民对话的窗口，在经过几年的努力后，桂花巷之名也渐渐地成了当地居民自我认同的象征。

所以，下次来到这里，别再认真寻找桂花香气了，倒不如来一碗冰镇桂花酿汤圆一饱口福来得实在。

桂花巷里的房子，许多都已成了断垣残壁，不然就是残存着年久失修的门，也许真的看到这样的景象，才能体会南庄老街的"老迈"吧。随着休闲风气的盛行，一家家特色餐厅，咖啡店林立于巷

秋月游海会寺

张以仁

黄花黄叶逼深秋，出郭来从野寺游；
抖擞征衣还未了，一声清磬度林邱。
密竹深林旧馆娃，霸图空后现袈裟；
只今一片禅心月，曾照当年舞袖家！

里，熙来攘往的游客在这巷子里穿梭不绝，为这年华老去的巷子注入了一股青春活力。

　　水汴头洗衫坑位于桂花巷的巷尾，借着灌溉水圳而搭建成的公共洗衣场，水流充沛湍急且清澈，水圳上覆盖着十余块石板，是过去时代当地居民聚集于此洗涤衣物、蔬果等的地方；直至今日，这洗衫坑依然发挥着它的功用。瞧，居民们正利用洗衫坑进行制粿的工作，老幼妇孺，各司其职，大伙儿聊着家务事，谈论着八卦，这般和乐景象，确实教人流连忘返。

蓝布衫群聚之乡

张朝柏　林一洪

早期客家人使用的器具（施沛琳摄）

　　新竹桃园苗栗三县是北台湾客家人口最多的地区，现今在台湾的客家分布，系以使用客家话的腔调来分，而腔调一般也代表了祖籍。四县腔分布在桃园之一部分、苗栗县、高雄县、屏东（六堆）；海陆腔分布地有新竹及桃园之一部分；东势腔则在台中县东势镇、石冈乡、新社乡，其他还有邵安腔等散居各地。

　　客家人自迁台之后，形成自成一格的客家庄。客家人在逢

早期客家人使用的家具（施沛琳 摄）

早期客家女性的穿着（施沛琳 摄）

年过节中，亦有特殊的风俗习惯，如过年，作长辈的对来年或对子孙有所期许，会制作特殊含意的年节菜，例如"葱"象征子孙吃了会聪明；"蒜"寓意子孙会精明打算；"韭"是长长久久；"芹菜"是勤俭耐劳；"豆干"是会做官等。平日宴客亦会准备特有的客家食物，鱼肉两菜加四炖四炒，喻十全十美之意。

　　客家人的生活服饰，颜色和造型以素色、简单朴素为主，如白布衫、黑布衫皆是，但逢喜庆时则以大红、桃红色系强调喜气，如新娘服即十分艳丽抢眼。客家少女也非常注重女红，喜以盘金绣线绣成门帘、彩坠、剑带、看花、缠花、肚兜、枕头、鞋子等。因做工精细，显得高贵华丽，此乃客家最特殊的精致文化。

客家人的确有属于自身的服饰文化，然而，随着时代的改变，现代台湾已很难从穿着习惯上，确认客家的族群属性。而且，最后的传统客家蓝衫使用者在美浓东门楼前消失之后，蓝衫就从生活服饰转变成形象服饰，蓝衫成为客家运动场合的"制服"，或者是客家歌舞表演者的象征性穿着。不过，近年来各界渐渐体认到这个困境，开始将客家服饰从象征性的标签，转回生活化的新时代客家服饰。

台湾从蓝染与蓝衫出发，举办了相当有创意的蓝衫服装秀，积极发展生活蓝衫。北台湾客庄，则从"客家花布"出发，广泛地运用在各种生活用品上，值得期待。新竹九赞头小区经过了十多年的酝酿，近年推出了以花布制作的九娃娃，相当受人欢迎。

地方有关部门也在客家创新服饰文化上表现相当积极，尝试引发领头作用：桃园县推动客家花布衣饰创造，苗栗县与苗栗市推出符合新时代需要的"客家衫"，都是值得肯定与欣赏的。

闽客共治的桃园名产

佚 名

桃园县一共有13个乡镇市，传统上所谓南区北区的划分方式中，客家人较集中住在中坜、平镇、新屋、观音、龙潭、杨梅这六个"南区"乡镇市；闽南人较集中居住在桃园、大园、芦竹、龟山、八德、大溪等"北区"乡镇市。

复兴虽为少数民族居住最多的山地乡，早年划分区块时，仍被划属为北区。数十年的地方政治历程，桃园县有所谓"南北轮政"的不成文默契。在八年一轮的循环中，如果北区人士当"县长"，则由南区人士出任"议长"，由南区人士入主"县座"时，则由北区人当"议长"。此一默契，直到最近数年才被破除。

（施沛琳摄）

以中坜都会为中心的南区，地方名产不少，例如中坜酥糖，为日本侵占台湾时期所创，因参加日本博览会得特优奖而大大出名，自此成为中坜名产。

在南区各乡镇市中，近年来较知名的农产特产也不少，例如新屋的有机蔬菜，引进有机蔬菜的栽培与研究，生产出无农药、优质、健康之清洁蔬菜，大大提升台湾蔬菜作物的市场竞争力。

又如杨梅的"秀才茶"，在盛产茶叶的秀才窝、矮坪仔、高山顶一带，茶园面积达180余公顷，生产的包种乌龙茶，质量优良，滋味甘醇，于1996年4月25日经命名为"秀才茶"，逐渐在市场打出名号。

龙潭乡原为台湾最早茶乡之一，土质、气候非常适宜种茶，所产之龙泉包种茶产量一度居全台之冠。1983年命名"龙泉茶"，迄今声誉日隆。龙潭乡的观光茶园，集产业与休闲于一体，漫步其间，一条条油绿绿的茶垄，阵阵扑鼻的茶香，空气中弥漫着茶园特有的芬芳，令人心旷神怡。

龙潭乡近年研发改良的花生糖，精致而多样，其特色为

（施沛琳 摄）

不黏牙、不含色素、香Q易入口，口味多样，有香菜、姜味、巧克力、芝麻、海苔、麦香、椰子、茶香等口味，也成了有名气的地方新名产。

客庄节庆寓意深

客家兄弟

北部地区的客家人大都指桃、竹、苗三县的客家人而言。桃园南境的龙潭、平镇、杨梅、观音、新屋、八德以及半个中坜市均属于客家庄；新竹除五峰之外，其余全为客家人的居地；苗栗则以海山线划分，海线为闽南人的聚落，山线的头份、苗栗市、卓兰、公馆、大湖、铜锣、三义、头屋、南庄、西湖、三湾、狮潭、泰安，都是纯客家人居住的地方。

早期的客家人从原乡来台，大都在打狗港、下淡水港或东港登陆，然后沿着下淡水溪入据屏东竹田、万峦、高树和高雄美浓一带，稍晚之后才有其他的客家人从鹿港、草港登陆，垦拓彰化、云林及南投等地；或从崩山港、大安港登陆，入垦大甲、丰原、东势；或从房里溪、吞霄溪上岸，垦拓房里、通宵、白沙屯等地区；或从中港、后垅港登岸，散居在苗栗一带；或从竹堑港、红毛港登陆，开发新竹地区；或从南港、观音登陆，成为桃园主人。

寓意深远的客家民俗"客庄十二大节庆"共有十三项各具地方特色的客家代表节庆以及较具知名度的"客家桐花祭"、"六堆嘉年华"和"客家传统戏曲收冬戏"等三大活动，共计十六项活动。

"客庄十二大节庆"精彩的客家节庆包括：高雄美浓"迎

客家平安戏

圣迹字纸祭"、苗栗炆祭、东势新丁叛节、屏东六堆"祈福攻炮城文化祭"、新竹"天穿日"台湾客家山歌比赛、南投国姓"抢成功 鹿神祭"、客家桐花祭、头份客家文化节、三义云炆节、桃园"桐舟共渡归乡文化季"、花莲"欢喜锣鼓满客情鼓王争霸战"、新竹义民文化祭、桃园平镇客家踩街嘉年华会、六堆嘉年华、新竹国际花鼓艺术节、客家传统戏曲收冬戏。除了客庄传统节庆外，也纳入近年来极富特色的新兴客庄节庆，期盼以多元主题的文化产业活动，让大家认识丰富完整的在地客家风情。

五月节，客家人所称的端午节，民间传说乃是为了纪念昔日"走黄巢"之故，这一天必须悬挂菖蒲和艾草等避邪植物，另一方面也连结到屈原投江的历史传说。中元节（农历七月半），是客家人自然崇拜的年中重要祭典，是地官赦罪之日，以释、道两法普度众生。

北台湾以新埔义民庙为中心，在农历七月二十日还发展出一个独特的"义民节"，纪念历年来为了保乡卫土而牺牲的地方先烈，成为客家地区相当隆重的地方节庆。此外，八月半中秋节、十月的平安戏（或收冬戏）都是客家地区重要的民俗节令。

除了延续原乡传统之外，台湾客家最令人瞩目的可说是文化创新的勇敢表现。举凡文学、音乐、戏剧、大众传媒、建筑设计与近年来的小区营造，都可以看到台湾客家文化的独特表现。

尤其在1988年12月28日客家人发起"还我母语"运动之后，客家意识觉醒，客家文化逐渐受到普遍重视，长期累积起来的能量，终于有了表现的舞台，全台几乎都能看到客家相关的艺文与产业活动。近年，客委会成立，相继举办"客家桐花祭"、"台湾客家文化艺术节"，并创设"客家电视频道"，更加强化了客家成为台湾多元文化价值的重要性。

秀才米是"聚宝盆"

杨丽薇

　　杨梅有最新鲜的米，透明、有光泽、有弹性、不变色，吃起来软软的，特别香。

　　杨梅出产的米包括发芽米、长春米、秀才米、什珍米、连新米、莲香米等，当中秀才米为当红品牌，因为秀才米为杨梅米中谷粒最大而饱满，米粒晶莹剔透，煮出的米饭最具口感。

　　杨梅人改良稻作品种，特色是谷粒大而饱实，米粒透明度佳，甜度适中、弹性优、口感Q，具有独特的芋头香。只要吃

（施沛琳摄）

过的人都会被那股芋味米香所感动，幸福感油然而生。能吃到色、香、味俱全的杨梅米是台湾人的福气！

传说清朝乾隆年间，有一秀才经过杨梅，见杨梅周围高、中间低，是个聚宝盆，赞为风水佳地；而南缘的店子湖南地，西卧龙、东伏虎、中有寿龟，必为兴旺之地，乡人于是称秀才下轿休息的地方为"秀才窝"。"窝"者，低陷处，后引申为人居之处，清咸丰至光绪年间，杨梅地区文风鼎盛，此地先后出过五位文、武秀才，"秀才窝"地名可谓名符其实。

秀才米只种50甲的稻田，都在富冈、上湖以三湖里一带，远离市中心，不论是土壤还是水质的质量都没有受到污染，因此才能种出屡获质量认证的白米。秀才米不只为杨梅争光，对桃园精致农业的发展也有很大的帮助。

湖口老街意盎然

刘永南

（施沛琳 摄）

　　湖口老街约形成于1914年至1919年之间，两条老街交会于三元宫，街屋大都为二落或三落式的狭长平面店铺住宅，全由红砖穹拱方式建筑；屋檐口立有凤凰、狮身、花卉等装饰图案，风格独特。

　　老街最多的居民是罗姓人家，清朝移垦时代，罗家即是老湖口的大地主，民国初年，四方商人大部分向罗家租地，盖屋

（施沛琳 摄）

（施沛琳 摄）

设店，老湖口红砖屋便一间间起造来，乃至后来成就了这条老街的建筑美学，引人入胜。

老湖口的发展，以及它那名闻遐迩的整排红砖拱屋，自有它背后一段演进故事。

清光绪十年（1884），刘铭传来台主持政务，其中兴建铁路一环，是他推动公共政策的重要建设之一，老湖口顺理成章成为这条台湾第一条铁道当中的一站。

然而，好景不常，起飞不久的"湖口驿"，1929年却因为湖口车站迁移到"新湖口"，而趋于没落，徒留红瓦院落，供人凭吊过往盛景。

粪箕窝山下的湖口老街附近，尚保存几座不同姓氏的家庙，如罗姓家庙、吕姓祖塔等，以及邻近湖口村的戴家祠堂、

（施沛琳 摄）

（施沛琳 摄）

老街尾端的三元宫、靠近县道处旧街上的小土地公庙，依稀成为旅游的赏景点。

　　长约300米的老街道，宽阔的亭仔脚，显示出客家建筑特有的大方气派；湖口老街，正好居落在高速公路与台一线省道之间，交通便捷，让老湖口出入方便。不过，随之而来的车辆噪音，对这条老街的古朴之风，不免构成极大伤害。

经过一段时日的合力整修，老街的住宅铺上花岗岩地板，拱型走廊结构变得扎实，屋檐也更换新材质，层层秩序美感，煞是引人怀古思幽，反而成为观光年代复古喜好者的最爱。

（施沛琳　摄）

编后记

    2009年首届海峡论坛期间，我社与台湾图书出版事业协会、福建闽台图书有限公司就编辑、出版、发行"作家笔下的海峡27城"丛书（台湾部分，共七册）签署合作协议。台湾图书出版事业协会负责按编写体例要求提供稿件，我社负责编辑出版，福建闽台图书有限公司负责在两岸展销发行。据了解，这种合作形式在两岸出版合作上具有独创性和开创性。

    经过一年努力，这七册图书与读者见面了。它们分别是：台南（安平晚渡）、台北（艋舺风情）、台中（鹿港飞帆）、新竹（竹堑风飏）、嘉义（诸罗望月）、高雄（打狗新姿）、花莲（后山出日）。它们反映了台湾发展历史沿革，体现了台湾历史文化的总体面貌。台湾知名人士连战、吴伯雄、宋楚瑜、王金平、江丙坤、蒋孝严、黄敏惠、胡志强等分别题词祝贺。

    但因两岸书写习惯和行文模式的差异，文稿多以叙述为主，在可读性等方面与原编写计划尚有一定距离。为提高图书品质，经协商，由我社在编辑过程中，为各册增补了一些大散文作品和精美图片。不足不妥之处，还望读者批评指正。

    因编写出版时间比较仓促，我们没能与所选用的文章和图片的作者一一联系上，恳请作者们谅解。敬请大家见到本书后，与我们联系，我们将立即奉上样书和薄酬。

海峡文艺出版社

2010年6月